Dia de São Nunca

Léo Nogueira

KOTTER
EDITORIAL

Coordenação editorial: Sálvio Nienkötter
Editor-executivo: Claudecir de Oliveira Rocha
Editores-adjuntos: Francieli Cunico e Daniel Osiecki
Capa: Francisco Daniel A. Moreira
Design editorial: Carlos Garcia Fernandes
Produção: Cristiane Nienkötter
Preparação de originais e revisão: o Autor

Dados Internacionais de Catalogação na Publicação (CIP)
Angelica Ilacqua CRB-8/7057

Nogueira, Léo
Dia de São Nunca / Léo Nogueira. -- Curitiba : Kotter Editorial, 2021.
192 p. ; 15 x 21 cm

ISBN 978-65-53610-04-0

1. Contos brasileiros I. Título

CDD B869.3

21-4742

Kotter Editorial Ltda.
Rua das Cerejeiras, 194
CEP: 82700-510 - Curitiba - PR
Tel. + 55(41) 3585-5161
www.kotter.com.br | contato@kotter.com.br

Feito o depósito legal
1ª Edição
setembro 2021

Dia de São Nunca

Léo Nogueira

A Kana,
sem a qual este livro não teria sido possível (ela sabe por quê);
Marcio Policastro,
parceiro na canção homônima;
e Sander Mecca e Zeca Baleiro,
vozes que deram vida aos versos que desaguaram nesta prosa.

[...] *há que ter o máximo cuidado com aquilo*
que se julga saber, porque por detrás se encontra
escondida uma cadeia interminável de incógnitas,
a última das quais, provavelmente, não terá solução.

(Fragmento de *Ensaio sobre a lucidez*) José Saramago

SUMÁRIO

雨

1. HOJE É DIA DE SÃO NUNCA! 13
2. SÃO NICANOR PRO CONTINENTE, MAS SÃO NUNCA AQUI PRA GENTE 17
3. ONDE DIACHO SE METEU ESSE HOMEM? 19
4. O DELEGADO SUMIU TAMBÉM? 25
5. PRESO TAMBÉM É FI DE DEUS! 27
6. TE LASCAR, PESTE! 31
7. ISSO É INADMISSÍVEL! 33
8. TÁ MAIS PRA MISSA NO DILÚVIO! 37
9. EITA, QUE O PADRE É MILAGREIRO! 39
10. O QUE NAO TEM SOLUÇAO HUMANA TEM SOLUÇAO DIBINA 43
11. NEM QUE NÓS FAÇA UMA AQUAFESTA! 45
12. BENDITO SOL DE SÃO NUNCA! 47
13. DEUS SABE O QUE FAZ 49
14. UM DIA, VOU TRAZER UMA MEDALHA PRA ILHA! 53
15. UM REVOLVE! 57
16. TU NÃO MORRE HOJE! 61
17. HOJE SOMOS TODOS ADULTOS E DONOS DE NÔSSOS DESTINOS 63

風

18. HOJE É UM DIA QUE NÃO SE REPETE 67
19. VIVA A ITÁLIA! 69
20. O DIABO TÁ SOLTO NA ILHA! 73
21. NUNCA MAIS! 77
22. QUEM EU NUM CONSIGO PERDOAR É O MORTO 79
23. TE RENEGO, SÃO NUNCA! 81
24. AQUI DENTRO A PULIÇA SOU EU 85
25. O ÚLTIMO A CHEGAR É FILHO DO PADRE! 89
26. TRUCO! 91
27. A PARTIR DE HOJE, O QUE É MEU NÃO É MAIS SEU 95
28. INDA VOU LAVAR A HONRA EM TEU SANGUE 99

雪

29. TÁ CHUVENO SORVETE? 105
30. VOCÊ CARREGA A PAZ DENTRO DE SI 107
31. *DE MÍ JAMÁS TENDRÁS VERGÜENZA* 113
32. TEM UM HOME PELADO NO MEIO DA RUA! 115
33. ENCONTREI UM MORIBUNDO QUE NUM SABE NEM O PRÓPRIO NOME 119
34. POR BEM OU POR MAL, TU VAIS TERMINAR O SERVIÇO 121
35. QUE DIACHO DE HOME É ESSE NO ESPEI? 125
36. AQUI SÓ TEM DOIDO! 127
37. MEU FILHO VAI TER O MESMO NOME DE MEU AVÔ! 131
38. QUEM É BELZEBU? 135

太陽

39. NÃO VEM? 139
40. PELADO E DE CHAPÉU 143
41. ASSINADO: TU SABE QUEM 145
42. A MERDA VAI FEDER 149
43. VOU TE DEIXAR NOS TRINQUE 153
44. VELHO, EU NUM VOLTO, EU VEM DE NOVO! 159
45. VIXE, MINHA NOSSA SENHORA! 163

月

46. VEJAM, É A LUA! QUE GRANDE! 167
47. QUERO ESSA PUTA FORA DE CASA INDA HOJE 169
48. ELE, EU AMO COM A BOCETA; TU, COM O CORAÇÃO 173
49. HOMEM AO MAR! 175
50. MADAME PERPÉTUA, A RAINHA DAS QUENGA! 177
51. FECHE A PORTA 179
52. VÁ PRA CASA, FI DUMA ÉGUA! 183

完

DEPOIS DO FIM 189

雨

1. HOJE É DIA DE SÃO NUNCA!

— HOJE É DIA DE SÃO NUNCA! VIVAAAAAA!

Esse aí que acaba de gritar é o velho Bartolomeu, conhecido por todos daqui como Bartô, simplesmente com um "Preto" antes do nome, sem nem sequer a necessidade dos adicionais "senhor" ou "seu". É o Preto Bartô, e acabou-se. Porém, não o chamam assim por falta de respeito; muito pelo contrário, é por intimidade, pois Bartô é praticamente uma figura folclórica da ilha. Ninguém sabe ao certo sua idade; uns mais metidos a piadistas dizem que ele deve ter por volta de 200 anos — ou mais. Isso porque Preto Bartô dá a impressão de ser, com o perdão do neologismo, imorrível. E o motivo é um mistério. Bartô é uma espécie de Dorian Gray — aquela famosa personagem do romance de Oscar Wilde que não envelhecia — às avessas. Ou seja, parece que sempre foi velho; mais, que já nasceu velho. Entre os que são de sua intimidade, há quem diga que ele há 20 ou 30 anos era já exatamente igual ao que é hoje, sem tirar nem pôr. Não tinha uma única ruga a mais ou a menos, e os fartos e desgrenhados fios de cabelo branco que tem hoje já residiam debaixo de seu chapéu naqueles antanhos. E o mais incrível: Bartô sempre foi manguaceiro — além disso, dificilmente é visto sem seu famoso cachimbo no canto da boca. É o fecha-bar oficial da ilha. Quando os primeiros chegam pra *happy-hour*, ele já está lá; e, quando o penúltimo sai cambaleando, ele, com toda a dignidade que é de seu feitio, pede a conta ao Velho — o dono do bar que ele frequenta —, paga-a, ajeita na cabeça seu vistoso chapéu-panamá e sai assoviando canções que ninguém nunca ouviu. E talvez nem ele próprio.

O engraçado de tudo isso é que só começa a trançar as pernas quando fecha o portão do casebre onde vive desde não se sabe quando. Exatamente como está fazendo agora. Não sei se é uma questão de honra ou se algum comando em sua cachola lhe envia sinais de que agora que está em local seguro e, longe da vista dos mexeriqueiros, pode relaxar e deixar o corpo agir como lhe apetece. Ainda mais se considerarmos que se trata de um corpo que está por aí provavelmente há mais tempo que qualquer outro nesta ilha. Falando nisso, ninguém é capaz de lembrar em que ele trabalhava quando era mais novo, já que parece ser um aposentado de nascença.

O sino da paróquia acabou de avisar que deu meia-noite, por isso ele gritou. Grossos pingos de chuva começam a cair, e ele ameaça uma cômica carreira até a porta. Quase cai, mas no último instante o pé esquerdo se firma num buraco e ele por fim se equilibra sobre si próprio. Agora, para em frente à porta e fica alguns segundos congelado, fitando-a como que à espera de que ela se abra sozinha, com um olhar de galanteio que se assemelha ao de um jovem que num salão de baile chama sua pretendida pra dançar. Quando percebe que a tática não vai obter resultado, ergue uma sobrancelha e ri gostoso de uma piada que disse pra si só, em voz baixa. É quando suas mãos se decidem a trabalhar freneticamente à procura do molho de chaves em todos os bolsos. Debalde. Chega a tirar o chapéu e investigar-lhe o côncavo, mas também aí não encontra nem sinal do dito cujo. Resmunga, desespera-se, respira fundo, dá duas inúteis baforadas no cachimbo — que se apagou com a chuva — e torna a fuçar em todos os bolsos, até que finalmente acha o molho brincalhão em local anteriormente investigado. Ergue-o à altura dos olhos e o encara com atitude vencedora. Creio ter ouvido um "humpft!", mas pode ter sido só o barulho da chuva. Seu próximo passo é acertar o buraco da fechadura. Tenta uma, duas, dez vezes, até que o molho, exausto, atira-se no chão. Lá vai Preto Bartô flexionar os joelhos pra pegá-lo. A primeira tentativa quase o faz cair de costas durante um bamboleio que não dura menos que dez segundos. Não foi dessa vez. Então, ele para, respira fundo e tenta de novo. Agora, enverga a cabeça pra frente, pra equilibrar o peso do corpo e não correr o risco de cair pra trás. Já está completamente empapado pela chuva torrencial que de repente resolveu desabar no exato instante em que o relógio da igreja marcou zero hora. Logra agarrar o molho depois de ter arranhado com as unhas o chão de terra — que agora virou lama — inúmeras vezes, só que deixa cair seu vistoso chapéu.

— Carai!

São palavras dele, eu apenas relato. Aproveita um possível vacilo da porta, que por um segundo para de tremer, e encaixa a chave no buraco da fechadura. Não a gira ainda, goza por alguns instantes a vitória, sem se importar com a chuva, que a essa altura já virou tempestade. Por fim, segura a mão direita com a esquerda e tenta girar a chave, mas não consegue. Fica encafifado. Coça a testa. Tenta outra vez. Nada. Um súbito pensamento passa por sua cachola, e é quando experimenta tentar a maçaneta. E eis que a porta se abre, como que por encanto — não estava trancada. Vai entrar, mas, quando a mão agarra o batente em busca do interruptor, pisa no chapéu, que ainda jaz no chão. Repete o palavrão e toda aquela sequência de movimentos que o levara a agarrar o molho de chaves, só que agora com resultados menos satisfatórios. Na terceira tentativa, consegue tocar o chapéu com os dedos, mas, ou porque escorregou ou apenas porque fraquejou, desaba de barriga em cima do chapéu-panamá com metade do corpo fora de casa e a outra metade dentro. E, já que está aí, aí mesmo tomba desmaiado sobre o velho tapete onde, antes que ele caísse sobre ele, podia-se ler "*wellcome*", assim mesmo, com um L sobrante.

Como não posso ajudá-lo, deixo-o onde está. Se não morreu até hoje, não terá a falta de modos de fazê-lo em tão importante data. E minha jornada mal começou. Sigamos.

2. SÃO NICANOR PRO CONTINENTE, MAS SÃO NUNCA AQUI PRA GENTE

Como alertou Preto Bartô, hoje é dia de São Nunca. Só que hoje é DE VERDADE! Todo ano, a festa de aniversário de nosso padroeiro é comemorada no dia 1.º de março, mas neste ano, que é bissexto, podemos festejar o dia do santo, e de nossa ilha — que leva o mesmo nome dele —, na data certa: 29 de fevereiro. Eu sei, eu sei que o nome verdadeiro é Ilha de São Nicanor, mas isso só pra quem não mora aqui. Pra nós, ela vai ser sempre Ilha de São Nunca e ponto final. Fiquem vocês de fora com São Nicanor, que nós de dentro ficamos com São Nunca. Pra terem uma ideia, essa história já virou música. Santinho do Acordeom, o compositor mais popular da ilha, compôs até uma marchinha de Carnaval que tem um verso que diz assim:

São Nicanor pro continente, mas São Nunca aqui pra gente.

E estamos conversados.

Questões nomenclaturais à parte, o que interessa pra nós é que dentro de algumas horas os são-nicanorenhos — em sua maioria — iremos festejar na praça homônima, como o fazemos todos os anos — bissextos — nessa mesma data logo após o término da missa das 10h, o aniversário desta bela ilha do Nordeste brasileiro que ganhou há algumas décadas *status* de município. O prefeito fará seu discurso, seus eleitores aplaudirão e os que não votaram nele vaiarão, em seguida irão todos se empanturrar com os comes e bebes servidos nas inúmeras barracas. A comida típica daqui, à base de frutos do mar — mas não só —, é de dar água na boca. Também haverá dança, é claro, pois o trio de forró Filhos de São Nunca, comandado pelo supracitado Santinho do Acordeom, já está ensaiado e mal vê chegar a hora de subir ao palco improvisado no centro da praça e fazer a alegria da população.

Por falar em população, e antes de seguir com meu relato — pois pra isto cá estou —, sei que esta informação não é das mais relevantes no que se refere ao dia de hoje, mas apenas pra que conste dos autos aviso aos navegantes literários que a extensão territorial de nossa ilha é de cerca de 20 km^2 e que o mais recente recenseamento demográfico computou que nossa população ultrapassou os 2 mil habitantes. Desculpem-me se não dou o número exato, mas é que sou da área de Humanas.

Afinal, o mais importante hoje é um pequeno problema que, segundo me consta, até agora ninguém notou — tirante Preto Bartô —, pois ainda é madrugada e todos dormem: essa chuva que começou fininha em questão de minutos virou um pé-d'água dos diabos. Um verdadeiro dilúvio, com direito a raios, trovões e uma ventania que chega a assoviar. Faltou pouco pra chover canivete. Porém, não há de ser nada, visto que não é época de chuvas. Aliás, não se tem lembrança do último aniversário da ilha em que coincidiu de chover.

Mudando de assunto, esta caminhada ao léu me trouxe até a fazenda do prefeito. Já que estou aqui, vou dar uma entradinha pra ver se tudo vai bem, já que ele vai ser — depois de padre Diego e antes de Santinho — a figura central de nossa festa. Seus discursos improvisados, cheios de citações literárias, fazem a alegria de seus eleitores — e, paradoxalmente, também de seus detratores. Entremos. Prometo não fazer barulho.

3. ONDE DIACHO SE METEU ESSE HOMEM?

Estava equivocado, nem todos dormem. Dona Firmina, a mulher do prefeito, acaba de acordar, embora o relógio da paróquia esteja marcando 2h — não estou lá, mas sei, só não me perguntem como. Se bem que ela não conta, tem incontinência urinária e toda noite precisa se levantar várias vezes pra ir ao banheiro, pois rechaça a fralda geriátrica, que atrapalha o lado estético das roupas de primeira dama que manda confeccionar. Tenho cá pra mim que, como de costume, daqui a cinco minutos estará dormindo de novo, querem apostar? Nem acendeu a luz. Tem vista boa, ou, vai saber, já decorou o caminho até o banheiro de tanto fazer e refazer a via-crúcis diariamente. Fechou a porta atrás de si. Deixemo-la lá, que não é educado espiar senhoras fazendo suas necessidades. Ainda mais quando essa senhora é a mulher do prefeito. Ouve-se o som da descarga, agora o da torneira a derramar água por alguns segundos. Silêncio. A porta se abre, ela apaga a luz do banheiro, mas agora acendeu a do quarto. Há lógica nisso, pois a luz pode ter ofuscado sua capacidade de enxergar no escuro. Dá a volta, pois o lado do marido fica mais próximo ao banheiro e à porta que dá pro corredor. Essa combinação não é lá muito cavalheiresca, pois, como ela tem essa pequena disfunção, devia era se deitar do lado de cá da cama, não acham? Entretanto, não é assim que é. Ninguém disse que a vida é justa. Não serei, porém, leviano em afirmar que há machismo nessa escolha; o mais provável é que seja exatamente o contrário, já que todos os dias seu Ubirajara — é esse o nome de nosso alcaide — se levanta mais cedo e não quer incomodar a mulher. Ponhamos dessa forma, que fica mais bonito.

Aliás, gozado, falando em seu Ubirajara, agora, com a luz iluminando o quarto, reparei que ele não se encontra na cama. Dona

Firmina ainda não reparou. Também, coitada, está dum jeito que parece uma sonâmbula. Será que vai dar por sua ausência? Aposto que não.

— Bira? Oxe, quede tu, homem? Bira, onde tu tá, meu nego?

Não sou muito bom em apostas. Acabo de perder duas: disse que ela em cinco minutos estaria dormindo e que não notaria a ausência do marido. Nem mel, nem cumbuca! Ela agora passa a mão nos lençóis e percebe que o lado dele está desarrumado e ainda quente. Sinal de que até há pouco ele ainda estava deitado. Levanta-se de novo. Dá a volta. Repara que as alpercatas de couro que ele gosta de usar em casa estão ali, ao pé da cama, do lado dele — obviamente. Abre a porta. Acende a luz do largo corredor. Acompanhemo-la, que desta vez não é bisbilhotice, mas questão de interesse geral; afinal, trata-se do prefeito. E de um prefeito que terá obrigações profissionais dentro de algumas horas. Aposto que ele deve estar com insônia, naturalmente preocupado com o sucesso de seu discurso, daí aproveitou pra vir tomar um copo de leite na cozinha. Quem nunca fez isso que atire a primeira pedra.

Não dou uma dentro! Não há ninguém na cozinha. Quer dizer, fora dona Firmina, que acaba de entrar. A mulher agora já não consegue esconder o desespero. Olha lá pra fora pelo vitrô acima da pia. Apesar da tempestade, consegue ver que o carro do marido está no cantinho onde ele sempre o estaciona.

— Arre égua! Onde diacho se meteu esse homem?

Agora, ela vasculha todos os aposentos. Está sozinha. A fazenda foi construída há quase um século e por aqui já viveram muitos familiares do prefeito, mas hoje nela moram só ele e a esposa. O filho único, Perpétuo, tem casa na ilha, mas está no segundo mandato de deputado federal e mora temporariamente, juntamente com a esposa, na capital federal. Aliás, é o orgulho da cidade: o único político são-nicanorenho com cargo em Brasília. Claro, foi eleito pela capital do estado, onde já fora deputado estadual, mas isso não diminui o orgulho de seus patrícios. Contudo, pelo que me consta, como hoje é domingo e, mais, aniversário da Ilha de São Nunca, imagino que deva ter vindo. Pelo menos, foi o que havia prometido aos pais.

Dona Firmina tira o fone do gancho e disca. De repente, ouve o barulho do celular do marido e se anima. Caminha com o fone no ouvido em direção ao som. Xi... O aparelho, ao que tudo indica, está no quarto do casal. E não é que ela encontra o bendito do celular na cabeceira da cama? Tem cabimento um prefeito sair sem levar o celular?

Ela desliga e faz nova chamada.

— Alô. Maria? Desculpe eu lhe acordar, mas tu visse se Bira saiu, visse?

Maria é a mulher do caseiro. Não dá pra ouvir o que ela está falando, mas, pela expressão no rosto de dona Firmina, não devem ser boas notícias.

— Num precisa não, minha fia. Volte pra seu sono. Esse homem é doido. Deve de ter acontecido alguma urgência. Daqui a pouco ele tá de volta. Não, mulher, já lhe disse que não! Durma! Tá bom. Eu aviso. Boa noite.

Desliga. Faz nova chamada. É a terceira. Não percamos a conta.

— Alô. Tonica, é tu? Que bom que vinheram! É Firmina. Não, tá tudo bem. Quer dizer, afora que Bira tomou chá de sumiço. Vocês num sabem de nada, não? Desculpe a hora, mas eu num sabia mais a quem recorrer. Posso falar com Pepê?

Tonica, aliás, Antônia, como vocês já devem ter adivinhado, é a nora. Pepê é o modo carinhoso como os familiares e amigos o chamam. Opa! Parece que há algo errado do lado de lá também. Ouçamos.

— Como é que é, mulher? Sumiu? Arre égua! Mas onde diacho é que se meteram esses dois desinfeliz? Minha Nossa Senhora, meu São Nunca, que já tá me dano é um aperto no peito! Sim, minha fia, ligue! Tire esse miserave do Aldamir da cama, que é pra isso que ele ganha! Tá bom, eu lhe espero. Mas, antes de vim, ligue outra vez, que eu num guento essa agonia!

Aldamir é o delegado. Pra vocês que nunca vieram aqui, é o seguinte: a ilha é um ovo. Todo mundo conhece praticamente todo mundo, de maneira que, fora um ou outro destrambelhado, reina a paz por aqui. Roubo é palavra que não se ouve sair da boca de ninguém; o povo até se esquece de trancar a porta, como Preto Bartô bem nos demonstrou há pouco. Portanto, não há necessidade de presídio, e delegacia há uma apenas pra servir de enfeite e, de vez em nunca, "hospedar" algum bêbado inconveniente. Claro, como em todo lugar do mundo, há suas intrigas, suas inimizades, uma briguinha aqui e outra acolá, mas o são-nicanorenho é um povo no geral pacífico. Sim, festeiro que só — por isso, eu já espero pela animação de hoje —, mas no mais pacato e trabalhador. Pra vocês terem uma ideia, quem dá mais dor de cabeça por aqui são os turistas. Como se trata da ilha mais a leste do Brasil, e o mar que a cerca, além de bonito, é cheio de piscinas naturais e tem uma riqueza de animais marinhos, há sempre uma quantidade razoável de turistas de visita. E não há mais por uma série de pequenos fatores: a ilha é bem afastada da capital, não há aeroporto, e temos uma única pousada. É belíssima, mas insuficiente pra hospedar esse povo todo. E, como aqui quase tudo é tombado, acaba que muito turista tem que entrar em acordo com os moradores, que vira e mexe alugam um quarto em suas próprias casas pra que os visitantes não deem meia-volta. Daí que acontece de surgir algum desentendimento nessas negociações, mas é só. Cá pra nós: o povo daqui não se anima muito com esse negócio de turismo. A ilha poderia estar bem melhor, economicamente falando, não fosse essa tácita aversão. Mas também — não querendo defendê-los — todo mundo se conhece, se dá bom-dia, conversa no portão, de repente começam a zanzar pelas ruas pessoas estranhas... Pra caipiras como nós, não é lá muito agradável.

Bom, escondi um fato. Pra não dizer que tudo são flores, recentemente houve o primeiro assassinato em anos. Só que ainda não é hora de falar disso. Tudo a seu tempo. A urgência do momento é descobrir onde se enfiou o prefeito. E como, ao que parece, dona Firmina não vai ter nenhum piripaque nos próximos minutos, deixemo-la aqui e vamos averiguar se Tonica afinal ligou pro delegado Aldamir.

4. O DELEGADO SUMIU TAMBÉM?

Cá estou eu. E sequinho da silva. Não há no mundo melhor método de teletransporte que a literatura. E cheguei bem a tempo de acompanhar a ligação de Tonica.

— Alô. Dona Quitéria, tudo bem? Aqui é Tonica, mulher de Pepê. Desculpe eu ligar essa hora, mas é que é um caso de urgência. Será que eu podia falar com seu marido? O quê? Ele num tá? Mas como assim...? Oxe! O delegado sumiu também?

Caramba! Estou começando a suspeitar que o dia não vai acabar bem. Três sumiços dessa magnitude no meio da madrugada?

— Tá. A senhora vai ligar pra delegacia? Mas qualquer coisa me avise, visse? E diga a ele que meu marido e meu sogro sumiram e que ele precisa tratar de procurar eles. E hoje o prefeito vai discursar.

É, já sabemos o que vai acontecer aqui. Tonica vai ligar pra dona Firmina, ela vai se desesperar do lado de lá, daí a primeira vai sair de carro que nem uma louca nesse tempo... Tomara que dirija com cuidado. O que não precisamos é de um acidente automobilístico nesta história. O melhor é aproveitar que a máquina de teletransporte está ainda quentinha e irmos... Não, pensando bem, não adianta lá muita coisa ir à casa do delegado. Vamos logo à delegacia.

5. PRESO TAMBÉM É FI DE DEUS!

Silêncio total. A delegacia está um breu só. E nem sinal do delegado. Ué, mas cadê o Joaquim? Agora, o timbre do telefone corta o silêncio. Deve ser dona Quitéria. Se Joaquim estiver no banheiro ou cochilando nalgum canto, já virá pra atender.

— Ô Joaquim, atende esse carai logo, macho, que eu quero dormir! Isso lá é hora de ninguém ligar pra cá? Preso também é fi de Deus!

Reconheci a voz, mas já falo do sujeito; antes, esperemos até que Joaquim apareça e atenda a chamada ou que a ligação caia logo de vez.

Caiu.

Bom, o sujeito que está "hospedado"... Xi! Ligou de novo! Será que ela não percebeu que a única pessoa que está no recinto não pode atender? Mas que é estranho Joaquim não estar por aqui, isso é. Seu plantão é o da noite, e eu sei que ele é chegado num goró, mas nunca o vi ficar fora de combate durante o expediente. O que faz — e temos que lhe dar um desconto — é tirar altos cochilos madrugada adentro. Também, não acontece nada por aqui estas horas... E ele até que é um policial correto, fica vendo TV até por volta das 2h, mas depois disso... Ninguém é de ferro, né?

— Joaquim, porra, véi, será o benedito? Será que eu vou ter que me virar no seiscento e ir atender esse carai desse telefone? Isso lá é hora de cagar?

Não, ele não está no banheiro. Já verifiquei. Nem cochilando no sofá, como é de hábito. O telefone se calou. Agora, quem sabe, eu possa falar de Severino. Bom sujeito o cabra, sério, trabalhador e tal. Até costumava ir à missa todos os domingos, só que seu catolicismo não foi suficiente pra que ele exercitasse o dom do perdão. Já disse, aqui todo mundo conhece todo mundo, daí que quando o assunto é galho vira logo questão de honra. Pois não é que sua mulher, Minervina, inventou de traí-lo? E, como se não bastasse, com o irmão mais novo do marido, o hoje finado Chico. Rapaz de bem, mas dono de dois grandes defeitos: gostava de passar o dia vadeando e era bem-apessoado além do aconselhável. Nem parecia irmão de Severino; o que este tinha de fora de esquadro, aquele tinha de Apolo. A vida tem dessas injustiças.

Há ainda uma quarta personagem que, inocentemente, acabou sendo o pivô da tragédia. No começo, tudo andava dentro dos conformes, Chico quase não visitava o irmão e quando o fazia era em horas em que este se encontrava em casa. E Minervina, que conste dos autos, sempre foi prendada ou, como andaram dizendo há pouco tempo, bela, recatada e do lar. Chico praticamente não existia pra ela, que nem sequer o fitava nos olhos. Se bem que, como o moleque era um rapagão danado de bonito, não está descartada a possibilidade de que ela não o olhasse pra não cair em tentação, mas isso são conjecturas minhas, nada que eu possa provar.

Aí, nasceu Netinho. Na verdade, Sebastião, pois, como Severino queria prestar uma homenagem a seu pai, que, já viúvo, falecera durante a gravidez de Minervina, optou por batizar o filho com o nome daquele acrescido, naturalmente, do Neto. Que acabou virando Netinho porque Minervina — que não foi consultada na hora da escolha do nome do rebento —, achando que Sebastião não era nome de criança, acostumou-se a chamá-lo de Netinho.

E não é que Chico caiu de amores pelo moleque? Nem tanto no começo, quando este ainda estava nos cueiros, mas bastou o pimpolho começar a dar os primeiros passos pra que o titio se acostumasse a gastar várias das muitas horas livres de seu dia com o sobrinho. Foi um processo lento, mas duradouro. De repente, Minervina notou que era Chico quem levava seu filho pra jogar bola ou andar de bicicleta, quem o vestia, quem o alimentava, enfim, quem lhe servia de pai em tempo integral. Já Severino, quando voltava, cansado, tarde da noite, praticamente não dava atenção à criança. Fiquem atentos, pais! Aí está uma coisa que conta pontos negativos no conceito das mães.

Dessa maneira, Chico passava o dia metido na casa do irmão, inclusive quando este estava no armazém. Não havia comentado, né? Severino é dono de um armazém de responsa na ilha. Há de tudo lá. Só que, devido ao negócio, ele costumava sair cedo e chegar tarde; e Chico, com o à-vontade de cunhado, meio que tendo virado um pai-tampão, dando sopa direto na casa do ausente... Não precisa ser gênio pra resolver essa equação, convenhamos. Era questão de tempo pra acontecer o que aconteceu. Aliás, pra acontecerem as duas coisas que aconteceram: a primeira, que foi rolar um dengo entre a esposa e o cunhado; e a segunda, cedo ou tarde Severino pegar os dois no flagra.

Chico sempre ia embora antes de o irmão chegar, mas, vocês sabem, quando a coisa vai ficando boa, o sujeito passa a perder a noção do perigo, e é aí onde mora o perigo. Ele foi indo embora cada vez mais tarde, mais tarde, mais tarde, até que uma tarde dessas não foi. Ficou num xodó tão grande com a outra que dar umazinha nesse dia não foi suficiente. Aproveitou o sono vespertino do sobrinho pra emplacar a segundinha. Resumo da ópera: morreu com um tiro na testa no meio da segunda.

Reparem vocês que foi uma tragédia de tons dramáticos — ou um drama de tons trágicos. Naquela noite, estando com muita dor de cabeça — seria seu sexto sentido funcionando? —, e aproveitando que o movimento estava fraco, Severino baixou as portas do armazém mais cedo. Chegando em casa, como a porta estivesse aberta — eu não disse que por aqui quase ninguém se importa com esses detalhes? —, foi entrando sem se fazer avisar. Mal deu dois passos, ouviu os sons provenientes da, digamos, conjunção carnal. Naturalmente, a dor de cabeça aumentou, acrescida dos cornos que ele já sentia despontar. O remédio, na falta de remédio, foi pegar um três-oitão que guardava escondido dentro de um saco de farinha, entrar pé ante pé no quarto e... É, ainda havia esse agravante: os desavergonhados faziam suas safadezas na cama de Severino, maculando território sagrado.

— Olhe pra mim antes de morrer, fi de rapariga!

Foram exatamente estas as palavras que Severino usou antes de atirar no irmão. Eu vi porque, em minha função de narrador, estava lá. Até um pouco antes do assassinato, diga-se, porque ser *voyeur* não é crime.

A coisa mais triste nisso tudo foi que Severino só descobriu que o fulano na verdade se tratava de seu irmão quando já era tarde demais, pois, no momento em que ele proferiu as palavras acima, o dedo já estava em movimento no gatilho. Não sei se ele teria desistido caso lhe houvessem sobrado uns dois segundos, mas a verdade é que pude ver, mais que ódio, a decepção estampada em seu rosto. Tanto que nem bem atirou jogou a arma num canto, sentou-se no chão ao pé da cama e, contra seus princípios de cabra macho, caiu no choro. Havia ainda o remorso de ter xingado o irmão de filho de rapariga. E sua falecida mãe, coitada, não tinha nada que ver com o caso.

De modo que não ofereceu resistência ao delegado Aldamir, quando este apareceu pra levá-lo a sua nova morada. Morada esta onde ele se encontra agora, enquanto não é julgado. A propósito, enquanto eu lhes relatava sua triste história, ele voltou a dormir. Pelo visto, não tenho mais o que fazer aqui por ora. O difícil agora é decidir qual será a próxima parada. E saibam que a chuva não está com cara de querer encerrar suas atividades tão cedo.

6. TE LASCAR, PESTE!

Agora, enquanto caminho a esmo pela ilha, aproveito-me de outro dom que a literatura me dá: o da imaterialidade. Que é um método bastante eficiente — mais que o da invisibilidade, do qual também costumo me apropriar — pra não me molhar enquanto caminho pela chuva. Aparentemente, está tudo na maior tranquilidade. Não fosse o barulho das grossas gotas que caem, creio que seria até possível escutar o ressoar do ronco dos dormentes, pois se há um povo que ronca é este.

— Te lascar, peste!

Opa! O som vem da única casa onde encontrei luz até agora. É o momento em que eu precisarei me utilizar de outro de meus superpoderes literários, que é o de atravessar paredes. Antes, explico que não sou tão curioso assim, tomo todas essas atitudes em respeito aos acontecimentos que fui incumbido de narrar.

Cá estou. Ah, claro, tinha que ser ele! O breu da rua me dificultou identificar sua casa. Contudo, menos por pudor e mais por ética, não nomearei o sujeito, apenas suas práticas. Esse fulano em cuja casa adentrei é um conhecido pescador solteirão e madrugador que comprou pela primeira vez na vida — não faz muito tempo — um computador e adquiriu o hábito de ter como primeira oração matutina a prestação de homenagens a Onã com o auxílio visual da internet, que o ajudou a se livrar dos velhos e vexantes vícios de comprar revistas pra adultos e alugar DVDs pornográficos; mas parece que sua conexão não anda muito boa hoje. É verdade, quase esquecia um detalhe importante: nesta ilha, qualquer chuvinha provoca um caos na comunicação via rede, e nosso amigo é, pelo visto, a primeira vítima do dia. Já começo a temer pela festa, pois essa chuva dá mostras de não querer parar tão cedo. Sem contar o sumiço do prefeito. Deixemos, pois, que o esbravejante e solitário punheteiro resolva seu problema em paz se utilizando apenas do poder da imaginação, e continuemos nossa ronda.

7. ISSO É INADMISSÍVEL!

O dia começa a clarear. Não fosse a chuva, já teríamos um belo sol a despertar os são-nicanorenhos. Vou em direção ao porto. Quem sabe, terei algumas respostas lá.

Nosso porto é modesto e recebe apenas embarcações de pequeno porte, mas isso por causa de um acidente cuja interessante história vale a pena ser contada. Na década de 1930, um navio grego carregado com material ferroviário que seria utilizado na construção de uma estrada de ferro na Argentina não se sabe por qual motivo teve uma avaria em seu casco e, antes que afundasse, como se encontrava perto de nossa ilha, conseguiu chegar até nossa baía, mas, por causa do peso, antes de atracar no porto acabou naufragando a poucos metros dele. A tripulação sobreviveu e conseguiu chegar até a margem a nado, mas o navio não teve a mesma sorte e submergiu em nossas águas, onde se encontra até hoje. Seu carregamento foi saqueado, obviamente, mas, como a embarcação encontrou residência definitiva ali, nossa então baía de São Nicanor acabou sendo apelidada de baía do Grego. Como o nome pegou, foi oficializado há algumas décadas. E é pra lá que estou indo. Detalhe: quando recebemos embarcações maiores, estas são obrigadas a ancorar a cerca de 500 metros do porto, e o transporte, seja de carga ou de passageiros, é feito por embarcações menores. Naturalmente, nossa morosidade fez que nos acostumássemos a essa rotina, mas pode ser também que tenhamos preferido deixar o tal navio onde está por dar certo charme à ilha, além de servir também como um ponto turístico a mais.

Cheguei. Que estranho! Não vejo sinal da barca. Explico: o único meio de transporte entre a ilha e a capital é feito por meio de um serviço de barcas que funciona diariamente, durante a semana de hora em hora no período da manhã (das 5h30 às 10h30) e a cada duas horas à tarde (das 13h30 às 23h30). No fim de semana e nos feriados, o intervalo é de duas horas também no período da manhã, e o primeiro horário é justamente às 7h. Portanto, daqui a dez minutos. Estou me aproximando do cais pra escutar o que dizem os passageiros, que não chegam a uma dúzia. Todos com seus respectivos guarda-chuvas, o que, convenhamos, não lhes estão valendo muito, dado o toró que cai.

— Isso é inadmissível! Além de eu tar completamente molhada, ainda tenho que aguentar essa palhaçada!

Essa aí eu não conheço. Pela roupa e pela bagagem, deve ser turista. E, pelo sotaque, paulista.

— Senhora, tenha calma. O atraso deve de ser por causa da chuva. A primeira barca sai da capital às 5h30 e demora uma hora e 15 minuto pra chegar até aqui. No momento, num dá pra fazer mais nada, porque, talvez por causa da chuva também, nós num tá conseguino fazer ligação pra capital.

— É inadmissível! Eu já sei que as ligações até a capital não tão sendo completadas. E não só até a capital, fique sabendo. Tô tentando ligar pro meu marido lá em São Paulo desde a hora em que acordei, mas nem chama. E o quê que eu faço agora?

Acertei uma! Não disse que era paulista?

— Mãe, tô com sono!

— Fica quieto, João Pedro!

— E eu tô com fome!

— Você também, João Paulo! Esses moleques não me dão um minuto de sossego!

O caos vai se configurando. Agora, ficamos sabendo que estamos sem comunicação com o resto do país. Não me lembro de algo parecido desde que os celulares chegaram à ilha. Sim, o serviço não é dos melhores, mas não há justificativa pra que as chamadas locais estejam em normalidade e as interurbanas não. E a barca, que fim levou?

Outro detalhe interessante: fora a turista, que não para de reclamar com a funcionária que vende as passagens — pobre Leonor! —, e seus dois filhos chorões — vejo que são gêmeos —, os demais passageiros, todos moradores da ilha conforme vejo, seguem na passividade de sempre, que nos é bem característica.

Parece-me que estamos literalmente ilhados!

8. TÁ MAIS PRA MISSA NO DILÚVIO!

Estou agora na famosa banca do Miro, que é uma espécie de *shopping* em miniatura, pois se encontra de um tudo aqui. Ela está localizada numa esquina da praça de São Nicanor. Passo uma vista por nosso jornal, o Diário de São Nunca — detalhe: o jornal, que tem quase um século de existência, já nasceu com o apelido do santo, Nunca, no lugar de Nicanor. Sei que essa leitura é uma atitude meio besta minha, admito, pois as notícias são, em sua quase totalidade, de ontem, sem falar que as previsões pra hoje estão se mostrando todas furadas. Vejamos: a previsão do tempo é de sol, com temperatura média de 30 graus; a manchete fala sobre a festa de aniversário da ilha e o caderno *A Ilha* dá detalhes sobre como vai ser, o que vai acontecer e tal. Ou acontece um milagre nas próximas três horas ou isso tudo aqui não vai ter outra utilidade que não seja embrulhar o peixe de amanhã.

Eu sei, eu sei que não iria encontrar notícias sobre o paradeiro do prefeito aqui, mas tenho o hábito de folhear o jornal diariamente, já que minha condição me permite não pagar por ele. Em minha defesa, alego que, em respeito à barafunda iminente, nem toquei no caderno de esportes. Por falar em iminências, e já que estou nas redondezas, acho uma boa ideia fazer uma visitinha à paróquia pra ver como estão os preparativos pra missa. Segundo li, e conforme a tradição, estava prevista pra ser campal, mas com esse tempo...

Miro, sossegado, observa a tempestade futucando o nariz e, entre um assovio e outro, como se me ouvisse, sentencia:

— Missa campal. Tá bom. Se tiver, tá mais pra missa no dilúvio!

9. EITA, QUE O PADRE É MILAGREIRO!

Lá está, ajoelhado, fazendo suas orações matutinas em frente ao altar, o padre Diego, que não é Maradona, mas, comenta-se, faz seus gols. Aí está outra história que merece ser contada, mesmo que como forma de desmentido. Antes de entrar em seus detalhes, quero dar testemunho de que padre Diego é um cara espetacular. Apesar de ser argentino, caiu nas graças da população e não creio exagerar ao afirmar que talvez seja a pessoa mais amada da ilha. Se a Igreja Católica permitisse que seus ordenados pudessem se candidatar a cargos políticos, tenho certeza absoluta de que não tinha pra ninguém, padre Diego sairia do sufrágio como novo prefeito com larga escala de vantagem sobre qualquer outro, incluído nosso — não tão — querido Ubirajara, ou mesmo seu filho, se este voltasse seus olhos pra cá, visto que é ambicioso e chegado numa...

Bom, uma história de cada vez. Estava eu dando meu testemunho em favor de padre Diego, inclusive com o intuito também de dizer que não estou entre esses que propagam boatos pra cima e pra baixo, sujeitos que, creio, fazem-no por pura inveja. E aqui cabe outra informação: nada contra os evangélicos, mas nossa ilha sempre foi constituída em sua maioria por cidadãos católicos apostólicos romanos. E digo mais: tenho cá pra mim que os são-nicanorenhos devem estar entre os munícipes brasileiros que mais frequentam as missas dominicais. Não fosse hoje um dia atípico, vocês teriam a oportunidade de constatar a veracidade de minha informação. E digo mais ainda: mesmo com esse temporal que ainda agora continua a cair, não duvido nada que o povo compareça em massa à missa — com o perdão da aliteração.

Comentava eu sobre os evangélicos. Temos apenas uma única igreja católica na ilha, esta dentro da qual ora estou, a paróquia de São Nicanor. Em compensação, da noite pro dia começaram a pulular igrejas evangélicas. E, notem, sujeitos que nem mesmo frequentavam a igreja e, pelo que se sabia, não conheciam nada a respeito da Bíblia, passaram a se autodenominar pastores, de modo que atualmente em nossa pequena ilha há uma infinidade de igrejas evangélicas, e cada uma de uma vertente distinta. E é uma gente teimosa, admito, pois, como já disse, o são-nicanorenho tem por tradição ser um povo extremamente católico, mas apesar disso as tais igrejas continuam de pé e abertas pra cultos diários aos quais não acode mais que meia dúzia de crentes desiludidos que certamente devem ter feito pedidos a São Nunca e não conquistaram a graça de ser atendidos. Eu, como já disse, odeio fuxicos, nem mesmo tenho procuração pra defender padre Diego, mas, embora não tenha provas, tenho a convicção de que são tais senhores que espalharam ilha afora essa história dos "milagres do padre".

Já comecei o terço, sigamos o padre-nosso, pois. É o seguinte: não se sabe exatamente se é um fator genético — aqui, houve durante séculos um hábito enraizado de casamentos entre primos —, nunca foi feito um estudo pra investigar as possíveis causas de tal anomalia, mas o fato é que durante anos tivemos muitos casais por aqui que não obtiveram a graça da paternidade. Não sei se vocês se recordam disso — os mais velhos provavelmente sim —, mas décadas atrás até chegou a ser feita uma reportagem sobre o assunto pra um exitoso programa dominical de uma grande emissora de TV. Só que, como disse, o são-nicanorenho é um povo muito passivo; nenhum desses casais teve suficiente interesse jamais pra se desabalar a sair de sua casa e ir a um consultório médico saber se poderia haver algum tratamento ou algo do gênero.

Daí que há cerca de dez anos faleceu padre Nonato e, após algumas semanas, foi-nos enviado padre Diego. A coincidência toda — eu acredito em outras explicações mais plausíveis — foi que depois de sua chegada não houve mais uma única esposa

— refiro-me àquelas em idade em que ainda lhes vêm as regras, claro — que não passasse a conceber. Correu à boca miúda que as tais gravidezes eram os chamados "milagres do padre". Diziam por aí:

— Eita, que o padre é milagreiro!

No entanto, o fato é tão sem cabimento que nem mesmo os que deviam ser os principais ofendidos — a saber: os maridos — se animaram a tomar satisfações. Muito pelo contrário; vocês precisavam ver a felicidade desses novos pais de família. Assim que, embora a calúnia se espalhasse, os novos progenitores não a levaram a sério e podemos dizer que o tiro saiu pela culatra, pois, se as missas de domingo já tinham muita audiência, o verdadeiro milagre foi que aumentaram ainda mais, por mais que não parecesse ser possível, já que sempre saía gente pelo ladrão.

Claro que outra qualidade de padre Diego é algo que em grandes metrópoles, acostumadas a tais coisas, poderia ser visto como um defeito: seu charmoso sotaque, que atrai multidões. Embora ele fale um português praticamente perfeito, gramaticalmente falando há certos fonemas de nossa língua que lhe são impossíveis de pronunciar, como o /ã/ (ex.: coração, que ele pronuncia coraçao; maçã, que vira maçán; etc.), o /v/ (ex.: vida vira bida; vai vira bai; e por aí bai, digo, vai), o /z/ (ex.: asa vira assa; zero vira cero; etc.) e as vogais abertas /é/ e /ó/ (ex.: céu vira cêu e pó vira pô), sem falar que o L que pronunciamos U ele pronuncia, sim, L (ex.: papéu/papêl; sóu/sôl; etc.). Claro que só isso não seria suficiente, a verdade é que sua homilia é cheia de bom humor e poesia. Eu mesmo, que evitava ir às missas celebradas por padre Nonato, e quando ia dormia, pego-me constantemente sentado no chão — o que meus superpoderes me permitem, visto que pra achar assentos livres em sua missa é preciso que o cristão chegue pelo menos meia hora antes — a poucos metros dele.

Outra coisa que preciso esclarecer: vocês podem estar se perguntando se não seria hipocrisia minha defender sua inocência sem dar maiores provas dela, já que eu poderia simplesmente entrar em seu quarto e flagrá-lo em hipotético ato ilícito. Aqui, faz-se necessário confessar uma fraqueza minha: podem chamar de puritanismo ou do que queiram, mas simplesmente nunca consegui invadir a privacidade de padre Diego. E não por religiosidade. Afinal, acrescento, na época de padre Nonato entrei em seus dormitórios não poucas vezes, e sempre que o fiz não o encontrei mais que roncando ou abusando do direito de, em trajes menores, emitir gases não muito nobres. A questão talvez seja que padre Diego me cai bem e por isso procuro conservar essa imagem em mim. Uma coisa é certa: nesses dez anos em que ele aqui trabalha, já vi passar por seu confessionário praticamente todas as mulheres que engravidaram, e, pra que não achem que sou alguma espécie de beato, não foram poucas as vezes que ouvi com atenção tais confissões — que mais me divertiam que ruborizavam, diga-se de passagem. Até aqui avanço. E mais não digo porque estou em meu direito de guardar silêncio. Mais vale afirmar que nos últimos dez anos talvez simplesmente esse vírus da infertilidade — se é que assim o podemos chamar — tenha encontrado no próprio organismo de suas vítimas uma espécie de antídoto. Tudo é possível neste mundo, vasto mundo.

Pra mim, o maior milagre de padre Diego foi o de ter feito muitos brasileiros, pelo menos os são-nicanorenhos, deixarem de implicar com argentinos.

10. O QUE NAO TEM SOLUÇAO HUMANA TEM SOLUÇAO DIBINA

Acabam de chegar dois coroinhas. Isso é que é fé. Molhados até a alma, apesar das capas de chuva. E vieram de bicicleta.

— Bença, padre Diego.

— Bença, padre Diego.

— Deus te abençoe, Cecinho. Deus te abençoe, Joaocinho.

— Padre, como vai sê hoje se a chuva num pará?

— Se a chuba nao parar, ê porque Deus quer assim. Bámos a facer a celebraçao do mesmo jeito, sô nao bai a dar pra ser lá fôra. Mas a gente se ajeita aqui dentro, que o coraçao de Deus ê gránde.

— Padre, sabia que a internet num tá funcionano?

— Berdade? Ôlha, eu acho atê bom. O pobo bibe muito presso nêssas redes sociais, ê precisso deixar mais tempo pra Jessus.

— E as barca num saíram hoje.

— Ah, ê? Entao bai a ter mais gente na missa.

— E num tá dano pra ligar pra fora da ilha.

— Entao a gente liga pra dentro. Nossa gente bibe na ilha, mas com a cabeça no continente.

Interessante: os dois meninos estão a par de tudo. E o padre, sem saber de nada, tem resposta pra tudo. Ah, os dois são primos. Zezinho, o mais velho; Joãozinho o mais novo.

— Padre, tá sabeno que o prefeito sumiu? E também todos os vereador e os polícia.

Xi... Como esses moleques tiveram todas essas informações, inclusive as que eu não tinha?

E dessa vez o padre fica sem resposta.

— O que bocê tá falando, Cecinho? Como sumiram?

— Sumino, ué? Deu no rádio. Tavam dormino e evaporaram. Quer dizer, o Joaquim tava trabalhano, mas sumiu também.

Agora, a delegacia tá vazia. Só tá lá o Severino. E tá gritano pra caramba, porque num comeu ainda e num tem ninguém lá e a chave da cela dele sumiu junto com o Joaquim.

— Eu nao acredito nisso. Como ê possíbel?

— Seno.

— E como vai ficar a festa sem a polícia nem o prefeito?

— Joaocinho, o que nao tem soluçao humana tem soluçao dibina, mas nao acho que seja esse o casso. Talbez o prefeito esteja preparándo alguma surpressa pra populaçao.

— Possa ser.

— Bom, mas isso nao ê com a gente. Bámos a preparar tudo pra facer uma missa inesquecíbel.

Saí. O que eles vão fazer agora não tem relevância na história. Na hora em que a missa for começar, eu volto.

Caramba! Vocês não vão acreditar, mas a chuva piorou ainda mais. E eu estou aqui encafifado com essa história do sumiço dos políticos e dos policiais. Será alguma ação terrorista? Nossa, mas que bobagem! Ação terrorista nesta ilha quase perdida em pleno oceano Atlântico e um pouco abaixo da Linha do Equador?

Bom, acho que vou dar um pulo lá na rádio pra ver como andam as coisas. E aproveito pra assistir um pouco ao programa do Santinho, que eu adoro. Sim, Santinho é aquele do trio de forró. O cabra cobra o escanteio e corre pra área pra cabecear.

11. NEM QUE NÓS FAÇA UMA AQUAFESTA!

Cá estou na Rádio Filhos de São Nunca FM. Já perceberam, né? Tem o mesmo nome do trio de Santinho, e o motivo é óbvio: ele é o dono da rádio, que, na verdade, é uma casinha nos fundos de sua residência onde ele tem também um estúdio. Nesses tempos atuais, a maior parte da programação é gravada e mandada pra ele pela internet ou feita da própria casa dos apresentadores e retransmitida ao vivo *on-line*. Uma modernice só.

Antes de entrar, queria falar um pouco de Santinho, que é uma figura muito querida na ilha e praticamente adotada por todos. Explico: não sei se já disse, se já, torno a dizer. Aqui, todo mundo se conhece, não digo que todos sejam amigos de todos, mas se vemos alguém na rua sabemos quem é. Portanto, é difícil que algo aconteça por aqui sem que o ocorrido não se espalhe rapidamente. Por isso, o caso de Santinho é até hoje um dos poucos mistérios da ilha. Certa manhã, bem cedinho, quando o hoje falecido padre Nonato abriu as portas da igreja, encontrou um bebê numa cesta. Olhou prum lado, olhou pro outro, mas não viu viv'alma. Compadecido, levou o bebê pra dentro.

Acionou a polícia, foi feita uma investigação, mas jamais acharam os pais da criança, que foi levada pro abrigo da ilha, onde cresceu. Padre Nonato se afeiçoou ao garoto, batizou-o, escolheu até seu nome: Nicanor, como o de nosso santo padroeiro. Por isso, o garoto ganhou o apelido de Santinho. Muito vivo, aprendeu sozinho a tocar o órgão da igreja, o que animou padre Nonato a lhe dar de presente, num aniversário, um acordeom que alguém doara à paróquia. Em pouco tempo, Santinho já fazia o diabo — com o perdão da palavra — com o instrumento, e virar o que virou foi uma estrada reta e sem buracos que contou com a ajuda de toda a comunidade. Na falta dos pais biológicos, ele ganhou uma multidão de pais afetivos. E agora devolve esse carinho com seu trio e sua rádio, ambos, como ele, Filhos de São Nunca. Cá estou já dentro do estúdio. Ouçamo-lo:

— É, minha gente, pra ti que sintonizou agora, num preciso nem falar do toró que tá caíno lá fora porque pra isso tu num precisa de rádio pra descobrir. O que tu não sabe, e eu vou lhe contar, é que a chuva trouxe com ela uma ruma de acontecido estranho. O premero, e mais sério, é que todo o corpo policial sumiu. É isso mesmo. Escafedeu-se! E levou junto o prefeito e todos os nossos ilustres vereador. É brincadeira? Mas se sente, meu amigo, que a coisa num para por aí não. A barca, pois é, nossa querida barca, que traz turistas pra ilha e leva são-nicanorenhos pra capital... hoje não veio! E não veio nenhuma! Nem a das 7h, nem a das 9h! Tá pensano que acabou? Acabou não! Se tu já tentou fazer alguma ligação pra fora, seja de fixo, seja de celular, já tá sabeno que também tamo sem sinal. É brincadeira? Mas num acabou ainda! Tome um chazinho de camomila, que nós tá sem internet. E... pra fechar a tampa, ligue aí a TV, bora lá, faça esse favor. Ligou? Pois é, o único canal que tá funcionano é o da emissora local, nossa querida Rede Sol. É brincadeira? Tá pensando que acabou? Por ora, acabou, mas o dia tá só começano. É por isso que tu precisa ficar sintonizado aqui, pois só aqui tem a informação na hora em que ela acontece! Antes de pôr um som pra gente espairecer um pouco, aviso que nós tamo tentano resolver o problema da festa. E fique tranquilo, que São Nunca nunca ficou sem sua festa e não vai ser hoje que há de ficar. Nem que nós faça uma aquafesta! Palavra de Santinho. Agora, pra vocês, Guilherme Arantes e o sucesso *Deixa Chover*. É brincadeira?

Cabra bom! Viram só a pegada do garoto? Acho mesmo que a ilha tem que agradecer a seus insensíveis pais, pois perderam eles, mas ganhamos nós. Já estou aqui fora de novo. E vou aproveitar que a pousada de seu Epaminondas é logo ali no quarteirão de trás pra apresentá-la a vocês. Sigam-me!

12. BENDITO SOL DE SÃO NUNCA!

Aqui estamos nós na charmosa Pousada Sol de São Nunca, fruto dessa mente privilegiada que foi a de seu primeiro dono, o arquiteto Epaminondas, que pode não ter sido um Niemeyer, mas ninguém nega seu valor. Influenciado pelo uruguaio Carlos Páez Vilaró — dono e criador do museu e hotel Casapueblo, em Punta Ballena (Uruguai) — e pelo espanhol Antoni Gaudí — que desenhou, entre outras coisas, a Sagrada Família, templo católico em estilo neogótico levantado na cidade catalã de Barcelona (Espanha) —, Epaminondas, quando se aposentou, de volta à ilha após muitos anos vivendo e trabalhando na capital, realizou seu sonho e construiu sua pousada tendo como objetivo não deixar nenhuma parede reta. A piscina, por exemplo, é um encanto, com suas ondulações acentuadas pela mistura das cores do arco-íris! Aliás, toda a pousada foi pintada com essas cores. Olhá-la é um desbunde do sentido visual. Epaminondas, quando ainda havia só o terreno e ele não tinha ideia do que faria, viu que o sol estava se pondo e teve a ideia de construir sua pousada com um lado dando pro pôr do sol e o outro pro nascer do sol, assim os hóspedes de um lado veriam da janela o sol nascente e os do lado oposto, por seu turno, veriam o espetáculo do poente. Então, riu de sua ideia e agradeceu:

— Bendito sol de São Nunca!

Nesse momento, nasceu a ideia do nome da pousada.

Assim, com o tempo a pousada se transformou num ponto turístico a mais, um verdadeiro cartão-postal da ilha. E creio que sua estonteante beleza inibiu a construção de outras pousadas, pois, com sua morte, ninguém teve coragem de erguer alguma construção que não ficaria aos pés desta. Tempos depois de sua morte, dona Quitéria, sua viúva, ainda tocou o estabelecimento por alguns anos, mas, com o agravamento de seu estado de saúde, a única filha do casal, Genuína, voltou da capital, onde vivia com o marido, Juvenal, e ambos assumiram os trabalhos da pousada antes mesmo do falecimento de sua mãe, que morreu meses depois. Parecia que ela só estava esperando pela volta da filha. E Genuína, em seu retorno, foi agraciada com uma gravidez temporã, daí o casal ter batizado sua filha única com o nome de Esperança. Entremos.

13. DEUS SABE O QUE FAZ

— Dra. Norma, a senhora precisa de ter calma. Num adianta se estressar, que as coisa num se resolve desse jeito.

— Calma uma pinoia! Isso é inadmissível! Amanhã eu tinha que tar em São Paulo. Segunda-feira é um dia cheio pra mim. Tenho vários pacientes. E ainda por cima, com esse problema da telefonia local, não posso nem ligar pra eles pra cancelar a consulta. Alguns deles precisam de um acompanhamento de perto, sabia? Tem alguns em situação psicológica bem fragilizada. Precisam que eu receite medicamentos e tudo o mais.

Quer dizer que esse bem-acabado exemplar de autocontrole é uma psicóloga? Ou psiquiatra... Vai saber. É capaz de que seus pacientes fiquem contentes com sua ausência.

— Isso é inadmissível!

É, ela adora esse bordão.

Genuína ri amarelo, com certa condescendência, como se estivesse falando com uma criança mimada. Em seguida, olha pro marido, meio que pedindo ajuda.

— A senhora vai ver, logo, logo, essa chuva passa e tudo se normaliza. Deus sabe o que faz — diz ele.

— Não me faça rir! Eu sou agnóstica. E por acaso você acha que Deus vai me ressarcir se eu perder o voo? Sem falar nas consultas de amanhã. Vocês por acaso sabem quanto custa uma hora minha?

— Eu imagino que num deva de ser barata, mas agora acho melhor a senhora se acalmar, caso contrário vai ser a senhora mesma quem vai precisar de atendimento profissional.

A cutucada de Genuína surte efeito. Agora, a mulher desaba chorosa num sofá — que tem um acolchoado, mas é na verdade uma extensão da parede, reparem. Os dois guris, que brincavam sentados no chão de mármore, agora passam a se estapear. Ela respira fundo, solta um "parem já com isso" sem muita convicção e resmunga, com os olhos no celular, esperando que de uma hora pra outra seu marido ligue. João Pedro — ou João Paulo, não sei, os dois são gêmeos — pega o controle da mesa de Genuína e liga a TV da recepção. Muda os canais freneticamente, mas só vê a tela azul. Juvenal, com jeito, mas com firmeza, toma o controle das mãos do menino e, como que se desculpando, vira pra mãe do garoto e diz:

— Infelizmente, talvez por causa da chuva o único canal que tá pegano é a Rede Sol, a emissora local. Mas o engraçado é que ela é também retransmissora do canal da capital e costuma misturar a programação própria com a dessa emissora, mas hoje, toda vez que ia começar um programa de lá, a tela ficava azul. Só tá passano os programas e os comerciais da ilha. Olhe, a image voltou. Tá pra começar a transmissão da missa.

— Era só o que me faltava. Pode desligar. Prefiro ouvir a chuva.

— Mãe, eu quero ver desenho!

— Joga o seu joguinho; tó!

Entrega o celular pra um dos dois Joões. Pra mim, já deu. Deixo pra trás a recepção e começo a andar por estes corredores tão velhos conhecidos meus. A construção é térrea. Agora, pelo jeito, a psicóloga paulista e seus filhos são os únicos hóspedes. A não ser que o restante deles esteja dormindo em seus quartos, visto que com essa chuva ninguém vai se atrever a sair. Ontem, vários deles partiram. Tiveram sorte. Já domingo é sempre dia em que outros chegam, mas, como o serviço de barcas foi interrompido, provavelmente não haverá alteração no quadro, pelo menos nas próximas horas. As molduras das pinturas nas paredes também têm formas onduladas. E também são de seu Epaminondas, que se aventurava a pintar nas horas vagas. São 13 apartamentos, pois ele gostava desse número, dizia que lhe trazia sorte. Os apartamentos de 1 a 6 dão pro nascente; os de 8 a 13 dão pro poente; e o 7, o de luxo, dá pra ambos. Assim, quem resolve se hospedar nele paga um pouco mais caro, mas em compensação tem o privilégio de assistir tanto ao nascer quanto ao pôr do sol. Um espetáculo ímpar!

Já estou aqui fora, em frente à piscina, que nunca me canso de contemplar. Mesmo afogada com tanta chuva, não perde a majestade. Parece até que a junção das águas lhe confere novo tipo de beleza, pois o contato dos pingos com a água causa uma espécie de ilusão de ótica que nos faz crer que as cores estão se movimentando. Nunca havia reparado nisso antes. Ah, seu Epaminondas, será que o senhor imaginou isso?

14. UM DIA, VOU TRAZER UMA MEDALHA PRA ILHA!

Fecho o portão atrás de mim e me ponho a caminhar pela calçada. A rua permanece vazia. Adoro caminhar, mesmo que na chuva, que não me afeta. Pelo contrário, acho bonito ver a ilha debaixo desse céu plúmbeo. Parece que estou nalgum canto da Europa — ah, quanto tempo! E até a temperatura caiu abruptamente de ontem pra hoje. Passo por um termômetro e ele me avisa que agora faz 18 graus, o que pra nós representa um inverno rigoroso. Aqui, temos calor o ano inteiro, o que difere é que há o período de seca e o período de chuva. Detalhe: estamos no de seca. Será o tal do desequilíbrio do efeito estufa?

Opa! Quem vem lá? Ora, se não é o Tudo-Joia! Toda cidade tem seus doidinhos de estimação, e ele é o nosso. Vem, como sempre, numa carreira desabalada, como se estivesse fugindo da polícia. É força de expressão, sei que estamos temporariamente sem policiais na ilha, embora ainda custe a crer nisso.

Passou por mim, sorriu, me fez sinal de positivo com as duas mãos e continuou sua corrida. A chuva também não o afeta. Engraçado, meus superpoderes não funcionam com ele, que é o único em toda a ilha que consegue me ver. Acho que é a deixa pra que eu fale um pouco dele. Tudo-Joia ganhou esse apelido depois de grande; seu nome de batismo é Jeremias. Ele foi um menino prodígio. Sempre gostou de correr e costumava dizer pra seus pais:

— Um dia, vou trazer uma medalha pra ilha!

Seu sonho era representar o Brasil numa olimpíada. Seus pais o incentivavam, e ele crescia feliz e disciplinado. Treinava todos os dias no período contrário ao das aulas. Cresceu e ganhou alguns campeonatos aqui na ilha, até que foi classificado pruma corrida na capital. Seria a primeira vez que ele iria pra lá, e já como competidor. Seus pais eram pobres e com muito custo procuravam não frustrar o sonho, aliás, mais que sonho, o objetivo do filho. No dia da viagem, lá foi ele pegar pela primeira vez a barca, acompanhado pelos pais. Só que o destino lhe pregaria uma peça naquele dia que mudaria completamente os rumos de sua vida. Foi a única vez na história da ilha que uma barca afundou. A língua do povo diz que foi um ato criminoso, mas após uma longa investigação não se chegou a nenhum culpado. Eu, na condição de narrador, fiquei sabendo, sim, detalhes sobre o caso que nunca vieram à tona. Contudo, como não tenho o poder de interferir nos fatos, apenas contá-los, achei melhor deixar pra lá. Talvez mais pra frente eu volte a tocar no assunto; por ora, encerro dizendo que a polícia local, que por sua letargia trabalhada em décadas de tranquilidade fatalmente não conseguiria encerrar o caso com saldo positivo, teve ainda a ajuda de certa propina, que contribuiu pra que o caso fosse encerrado e os bêbados encrenqueiros voltassem a ser o centro de sua atenção. O que se soube desse crime sem culpados foi que houve uma grande explosão e a barca começou a afundar velozmente ao mesmo tempo que o fogo se alastrava. De onde aconteceu a tragédia, já dava pra avistar a capital. Do mesmo modo, de lá se pôde ver o fogo, e foi essa a sorte de, entre outros, Jeremias, que foi salvo pela equipe de resgate na hora em que já não havia praticamente nenhuma parte visível da barca. Sete pessoas se salvaram, a maioria, como Jeremias, com queimaduras de terceiro grau. Seus pais não estavam entre elas.

Depois de um período de tratamento num hospital da capital, Jeremias voltou à ilha. Órfão, sem outros parentes aqui, ainda por cima com queimaduras por todo o corpo, virou mendigo e aos poucos foi enlouquecendo. Perdeu também a capacidade de falar, pois sua língua também foi afetada pelo fogo. Com o tempo, voltou a correr pelas ruas da ilha e a cada pessoa que encontrava dava sinal de positivo. Foi assim que ganhou o apelido. Hoje, quase não é visto sem que esteja correndo. Tem sempre um largo — e um tanto assustador — sorriso no rosto desfigurado e uma vasta cabeleira que cobre dois terços de sua cabeça — a parte que não foi queimada. De uma forma muito peculiar, creio que é feliz. E disciplinado. Em seu mundo particular, deve estar cheio de medalhas.

15. UM REVOLVE!

Curioso, meu passeio me trouxe de volta à delegacia. E, ou muito me engano, ou acabo de ver alguém entrando lá. Averiguemos.

É Minervina.

— Quê que tu tá fazeno aqui?

— Fiquei sabeno do sumiço da puliça, daí achei que tu podia de tá com fome e vim lhe trazer um de-comer.

— Carece não. Tô bem. E tô sem fome.

— Ô, home de Deus, deixe de bestage!

— Tu tem é muita cara de pau de vim aqui. Vá simbora, vá!

— Tá bom, eu vou, mas pegue pelo menos o de-comer.

— Já disse que tô sem fome. Avie!

— Então, vou deixar aqui. Se tu mudar de ideia...

— Tu é lesada, é? Tá veno que eu num posso ir até aí? Isso é uma cadeia, mulé, num é hotel não! E eu tô preso aqui, num posso abrir essa porta e ir aí fora pegar o de-comer.

— Ai, minha Nossa Senhora! É mermo.

Ri gostoso de sua própria tolice. Isso parece desarmar Severino. O riso dela sempre teve esse efeito sobre ele, que ri também. Ela se anima.

— Vá, nego véi, aceite. Prometo que vou-me embora num instante.

— Tu quer me ajudar? Me diga então o que é que tá aconteceno aí fora. Eu tô aqui sozim e num sei é de nada.

— Pois home, num é só tu, não. É ninguém que num sabe. A gente só soube foi que o prefeito sumiu, e Joaquim, e o delegado Aldamir e a puliça toda, e os vereador e o fi do prefeito, mas ninguém sabe pronde eles foram não. E também num tem internete e nem dá pra fazer ligação pra capital. E essa chuva que num para...

Severino olha pra mulher toda empapada e se arrepia dos pés à cabeça. O vestido colado no corpo delineia o formato dos pequenos seios; ele olha demoradamente pra seu cabelo negro e liso, agora desgrenhado pelos fatores vento e chuva; encara seu rosto molhado cujas gotas deixam brilhante; repara em seus lábios carnudos; e sente o membro latejar com um prazer tão violento que chega a parecer dor. Recorda-se de quando montava nela e é como se recebesse uma estocada no coração. Ainda ama a infeliz.

— Dê cá logo esse de-comer, miserave, vá!

Ela entorta o pote de plástico pra que passe por entre as grades. Ele, sem querer, toca-lhe a mão e sente novo arrepio. Está há meses sem mulher, e isso dói.

— Já vou.

— Vá não. Espere eu terminar de comer, assim já leva o tapué. E Tião, cumé que tá?

— Tá bem. Deixei com Jurema. Ficou brincano com Ernani.

Notem que Severino chama o filho pelo primeiro nome. Jurema é uma das vizinhas; Ernani é seu único filho. Outra peculiaridade da ilha: aqui, ao contrário do resto do país, há muitos casais que tiveram um único filho.

— Num quer ver o pai, não?

— Oxe! Claro que quer! O pai é que num quer ver a mãe, então cumé que o menino vai vim sozim?

— Deixe de bestage. Ói, já que tu tá aqui, num quer ver se acha a chave não? Se ninguém voltar eu vou é morrer aqui, sem comida, sem bãi e sem nada.

Ela abre um sorriso por se saber necessária.

— Tá bom. Procuro sim.

E lá vai ela. Vasculha por tudo que é canto com uma voracidade selvagem.

— Vixe! Tem uma gaveta aqui que tá trancada!

— Pois arrombe, mulé!

— Oxe, e como?

— Dê um jeito, abestada!

Ela recebe o golpe da palavra malposta, mas aceita. Já se havia esquecido de como a brutalidade dele tem o poder de magoá-la. Puxa a gaveta, chuta-a, arranha-a... Acha um peso de ferro em cima da mesa e dá com ele várias vezes, até que a gaveta, como que por encanto, se abre. Treme. Dentro, há apenas um revólver.

— Achou? O que é que tem aí?

— U-um revolve.

— O quê?

— Um revolve! — responde mais alto, quase gritando.

— Me dê cá, ligeiro.

— Num posso. Tenho medo...

— Me'de quê, infeliz? Isso num morde, não!

— Me'de pegar nesse bicho e ele atirar...

— Deve de tar travada. Tem perigo não. Rumbora, traga!

— Pra que é que tu quer isso? Vai atirar em mim não, vai?

Ele ri da ingenuidade dela.

— Vou não, abestada. Senão, quem é que vai me trazer comida? Vou só deixar ele aqui do meu lado pra me proteger enquanto num consigo sair daqui.

Fala com a boca cheia.

— Tá.

Ela pega a arma vagarosamente, com dois dedos, como se estivesse medo de tomar um choque. Ergue-a. É um 38. Vai andando devagar até ele, mas de repente a deixa escapar, e a arma cai no chão e dispara. Os dois gritam. O pote de plástico cai das mãos de Severino, e é comida pra todo lado. Ela se senta no chão e começa a chorar como uma criança.

— Minervina...

— Me perdoe. Eu tava assustada.

— Minervina... Chame o dotô...

Ela ergue a vista, ainda embaçada pelas lágrimas, e vê que Severino está sangrando bem na altura do ombro direito. Ou a arma estava destravada ou destravou com a queda. Ela se desespera e grita.

— Deixe de latomia, mulé, e vá logo chamar o dotô Aniso! Diga que é urgente! E chame também Mané Ferreiro. Ligeiro, criatura!

Minervina sai correndo, escorrega, cai, levanta-se e volta a correr. Coitada, arranhou os joelhos. Pensei em acompanhá-la, mas desisti. Melhor ficar aqui. Ao menos faço companhia pra Severino. Bom sujeito ele. Meio esquentado, mas bom sujeito.

16. TU NÃO MORRE HOJE!

Meia hora já passou e nada. Severino segue acordado, um tanto ofegante. Tirei um cochilo aqui na "cama" de Joaquim, mas gritos vindos de fora me acordaram. Vou lá ver o que está acontecendo.

Saio. Há uma agitação no mercado do outro lado da avenida, que tem o criativo nome de O Barato da Ilha. É, na verdade, o maior mercado da região, e abre todos os dias, inclusive hoje, feriado de aniversário da ilha. Aproximo-me pra ver melhor, pois a força da chuva dificulta enxergar o que quer que seja. Vejo quatro rapazes correndo e gritando com dois carrinhos abarrotados de coisas. Um dispara pro ar. Está armado.

— Seus fi de quenga! Eu conheço vocês! Vou dar parte! Conheço a mãe de vocês, viu, seus cabra sem-vergonha! Isso num se faz!

A voz fina e inconfundível é, obviamente, de seu Brás, o dono do mercado. Observo que seu rosto está sangrando. Será que os rapazes, além de roubarem o mercado, também bateram nele? Os funcionários tentam acalmá-lo e o levam pra dentro, pra tratar do ferimento.

Caramba! Bastaram poucas horas pra que o caos se instalasse.

Lá vem um carro a toda velocidade cantando pneu. Minervina conseguiu. Não há nada mais que eu possa fazer do lado de cá. Atravesso a avenida de volta. Que atrevimento! Roubar o mercado bem nas fuças da delegacia! É a primeira vez que isso ocorre. Bom, mas, também, se não há nenhum policial lá dentro, tanto faz ser delegacia ou farmácia.

Entro. Incrível! Mané Ferreiro já abriu a cela. Não deve ter durado nem um minuto. Profissional é outra coisa. Cabra bom! Agora, dr. Anísio está observando o ferimento.

— Vá ter sorte assim lá na fortaleza, Severino! Fique tranquilo, tu não morre hoje! Não vai ser dessa vez ainda que a tinhosa te leva. O tiro pegou só de raspão. Essa sangueira toda é feia, mas podia ter sido pior. Vou te levar pro hospital, pois tu vai precisar de maiores cuidados. Mané, tu dá uma carona pra nós até o hospital?

— Claro, dotô, como não?

Os dois homens carregam Severino pelo braço. Minervina vai na frente. É, hoje é dia de acontecimentos inéditos! Fiquei aqui pensando que é a primeira vez que vejo um preso se evadir da prisão com essa tranquilidade — e nesse estado.

Puxa, já deve ter começado a missa! Vou pra lá agora. Estou curioso pra saber o que anda acontecendo por ali.

17. HOJE SOMOS TODOS ADULTOS E DONOS DE NÔSSOS DESTINOS

Vocês podem não acreditar, mas não é que a igreja está lotada? Não disse que o são-nicanorenho é um povo danado de católico? Todos em silêncio absoluto pra ouvir o sermão de padre Diego. Oba! Cheguei bem na hora da homilia! Adoro ver esse cabra falar. Vocês vão ver como ele fala bonito. Ouçamos.

— Irmaos e irmás, hoje ê um dia especial, ê o anibersário de nôssa querida ilha. Por isso, estámos todos aqui pra celebrar. E eu fico feliz em ber que bocês nao se assustaram com essa chubinha [risos]. Chuba ê coissa boa, ê sinal de que Deus, lá de cima, nao para de pensar em nôs. A chuba laba a alma, barre a sujeira do chao e prepara o caminho pra que o sôl bôlte a brilhar com mais alegria e que os frutos da têrra cresçam. E ê assim que nôs debemos aceitar tambêm as dificuldades, porque elas sao apenas preparaçao pra uma nôba fasse de nôssas bidas. Ê no sofrimento que amadurecemos e nos tornámos pessoas melhôres. O sofrimento ê um preço pequeno que pagámos por tántas coissas boas que Deus nos dá. Hoje, por essemplo, estámos bibendo um dia atípico. Ficámos sabendo que o prefeito e outras pessoas importántes de nôsso combíbio simplesmente dessapareceram. Isso quêr disser, irmaos e irmás, que Deus está nos probándo mais uma bez. Pensem nas criánças. Êlas nao têm autonomia pra cuidar de suas bidas, dependem de seus pais. Porêm, anos depois, crêscem e bán a ser donos de seu destino. Acho que esse ê um momento parecido em nôssa sociedade. Claro, bámos todos a ressar pela bôlta de todas êssas pessoas, mas tambêm temos que ber a coissa por outro ángulo. Hoje, em pleno anibersário da Ilha de Sao Nunca, nos bemos como aquêlas criánças que cresceram. Hoje, somos todos adultos e donos de nôssos destinos, e somos nôs que bámos a decidir se seremos homens e mulhêres de berdade ou se sô bámos a aprobeitar a liberdade que nos foi concedida pra bagunçar o coreto e propagar o caos. O que bai a acontecer hoje, e amanhá e depois [pausa] está bêm aqui em nôssas maos. Oremos.

Ô, cabra pra falar bonito, viu? Vou ter que confessar que até verti umas lágrimas aqui sentado no chão, como de costume a poucos metros dele. Mas não fui o único. Reparei em vários rostos conhecidos emocionados com o sermão. Em momentos como este, acredito que ele, apesar de sua pouca idade — nem chegou ainda aos 40 anos —, é, sim, um pai pra todos nós.

***

É hora da bênção final.

— Irmaos e irmás, ántes de que bámos embôra, precisso dar uma boa notícia a todos bocês. Recebi um recado que creio que bai a agradar a todo mundo. Por caussa da chuba, alguns membros de nôssa comunidade tibêram uma gránde idêia, como dissem, um pláno B. Mas, pra que dê cêrto, bámos a necessitar da colaboraçao de todos. Bai a ser um mutirao. A idêia ê que façámos nôssa fêsta no Ginássio Poliesportibo de Sao Nunca, que ê cobêrto e tem toda a estrutura necessária. Inclussibe, bai a ter o show da bánda Filhos de Sao Nunca. Uma salba de palmas pra Sao Nunca!

Todos aplaudem efusivamente. Que ideia de gênio!

— Pai bondosso, que nos dêste o libre-arbítrio, aceita nôssos agradecimentos por mais este dia, e um dia tao especial. Dá-nos tua mao e ensina-nos tua sabedoria pra que sejámos dignos de merecer a morada etêrna a teu lado. Em nome do Pai, do Filho e do Espírito Sánto. Amêm. Irmaos e irmás, bámos em paz.

風

18. HOJE É UM DIA QUE NÃO SE REPETE

Já estamos no Ginásio Poliesportivo de São Nicanor, ou São Nunca, como preferimos. Não dei o relato em tempo real pra não cansar vocês. Vou resumir. Assim que a missa acabou, aconteceu uma coisa surpreendente: a chuva, do nada, amainou, virou uma garoinha fraca. Só que a temperatura, com igual velocidade, despencou. Foi um fenômeno meteorológico nunca antes detectado na ilha — não disse que estava sendo um dia cheio de acontecimentos inéditos? O termômetro da praça marcou dez graus. E juntamente com essa queda brusca de temperatura começou uma ventania como nunca se viu antes por estas bandas. Chega assoviava — e não parou até agora. Todos correram pra suas casas pra pegar agasalhos. Alguns voltaram vestidos com mantas. Afinal, aqui nunca faz frio, quando muito 20, 22 graus, então há muitas pessoas que não têm sequer uma blusa um pouco mais grossa.

Porém, o vento e a baixa temperatura não esfriaram os ânimos da população. Todo mundo tem trabalhado com afinco pra preparar as barracas dentro do ginásio — afinal, mesmo com o fim da chuva a ventania atrapalharia a festa caso ocorresse ao ar livre. Algumas picapes fizeram fila na praça pra trazer tudo de lá pra cá. Foram necessárias várias viagens. Agora mesmo, os músicos estão passando o som no palco improvisado, que, diga-se, foi desmontado e remontado em tempo recorde — lembremos que estava lá na praça. Está sendo um trabalho de dar orgulho a qualquer são-nicanorenho. O espírito de coletividade prevalecendo sobre as intempéries. Ê, coisa boa escutar Santinho cantar com essa voz malemolente que ele tem! Espiem:

— *Meu dengo, venha cá pintar o sete. Que hoje é um dia que não se repete...*

Vou dar outra volta lá fora. Por mais que eu queira ficar e acompanhar a passagem de som, por aqui, por enquanto, está tudo sob controle, e eu preciso fazer jus a minha obrigação de narrador.

19. VIVA A ITÁLIA!

Rapaz, esse vento deve estar de gelar os ossos. As árvores até envergam.

Caminho na contramão dos retardatários que correm rumo ao ginásio. Ainda bem que o vento está a favor deles.

Ora, há um templo aberto. Vou dar um pulo lá pra apresentar a vocês também esta outra faceta são-nicanorenha. Esta aqui é a Congregação Cruzada da Ilha, do pastor Paolo, que, se for verdade o que dizem sobre os políticos, deve estar desaparecido também, visto que é um de nossos vereadores. Aí está outro cabra que tem uma história das mais interessantes. Antes de entrar, vou contá-la aqui fora mesmo, pra não atrapalhar o culto — e nem ser por ele atrapalhado.

Há em São Nunca uma comunidade italiana razoavelmente grande. Como vocês sabem, quando a escravidão foi abolida o Brasil passou a carecer de mão de obra na lavoura. Foi assim que nossas fronteiras se abriram a povos estrangeiros, e começou a chegar gente de toda parte, como, entre tantos outros, os japoneses, os alemães e, claro, os italianos. Estes, em sua maioria, espalharam-se pelas regiões Sul e Sudeste, mas uma parcela deles — e isso a história brasileira praticamente não registra —, vinda da Sicília — também uma ilha —, após errar de cidade em cidade soube de nossa ilha e aqui se instalou. Eles chamaram São Nunca de a Sicília brasileira. Pois bem, os sicilianos se adaptaram ao clima e tiveram muito êxito na agricultura, especializando-se no cultivo da cana de açúcar. Vocês certamente devem conhecer a cachaça Siciliana, não? Pois é, essa cachaça, que já ganhou inclusive vários prêmios internacionais, é produto, digamos, ítalo-são-nicanorenho. E a marca pertence à família de Paolo.

Tratemos dele: Paolo — em italiano, pronuncia-se Páolo, mas aqui todos dizem Paôlo — recebeu esse nome justamente por ter nascido num dos dias mais tristes da história do futebol brasileiro, 5 de julho de 1982, quando, na copa da Espanha, nossa seleção foi derrotada pela italiana por 3 a 2, numa partida dramática que ficou conhecida no Brasil como a Tragédia do Sarriá — este, o nome do estádio barcelonês onde o jogo foi disputado —, sendo que o autor dos três gols italianos foi ninguém menos que Paolo Rossi. Domenico, pai de Paolo, que acompanhava o jogo no hospital num radinho de pilha, soube que seu filho havia nascido bem na hora em que o outro Paolo, o Rossi, marcava o terceiro gol e fechava a tampa do caixão onde fora enterrado o sonho do tetra brasileiro — melhor dizendo, adiado. Seu Domenico, que ouvia a partida com o coração dividido, deu pulos de alegria com a coincidência do momento exato do nascimento de seu filho e, soltando um berro de "VIVA A ITÁLIA!", não teve dúvidas quanto ao nome que o *bambino* receberia.

Como nem tudo são flores, a mãe de Paolo acabou não resistindo ao parto prematuro — ela estava com pouco mais de oito meses de gravidez — e veio a falecer horas depois do nascimento do rebento. Assim, viúvo, seu Domenico passou a investir tudo na criação do filho único, que cresceu como um pequeno príncipe — as más línguas diziam "o príncipe da cana". Obviamente, ele acabou indo estudar agronomia na capital. Só que lá, mimado que era, e com uma gorda mesada do pai, o príncipe da cana descobriu a coca, por quem caiu de amores. Aliás, esse amor nasceu de outro amor: quem lhe apresentou a droga foi Pepe, um colombiano que traficava no circuito universitário e por quem Paolo igualmente caiu de amores. A relação de ambos foi tórrida e regada a muita cocaína. Assim, em pouco tempo Paolo, pra sustentar o vício — a mesada de seu pai já não era suficiente —, começou a traficar na universidade onde estudava, auxiliado por Pepe. Como sabemos, traficante usuário não costuma ter vida longa na profissão, e era questão de tempo pro pior acontecer. Pepe, que desencaminhou Paolo, não era viciado. E, acrescentemos, não nutria pelo "príncipe" o mesmo amor que este parecia lhe devotar. Na verdade, pro rapaz colombiano tudo eram *business*, e Paolo lhe era muito útil, pois tinha a facilidade de traficar desde dentro dos portões da universidade. Só que Paolo, quanto mais consumia, menos vendia, e isso não agradava em nada a Pepe, e, como a coisa virou uma bola de neve — ou melhor, de farinha —, ambos discutiram, e o que começou em discussão acabou em briga. Pepe, de musculatura mais avantajada em comparação ao outro, franzino, levou a melhor e só não causou mais estrago por pena. Paolo, acostumado a se dar bem em tudo e ferido em sua autoestima, mandou o companheiro embora — ambos já moravam juntos num apartamento cujo aluguel quem pagava era seu Domenico.

Nessa noite, Paolo foi encontrado desmaiado no banheiro da faculdade de agronomia, vítima de uma overdose. Por sorte, o socorro veio logo, e o príncipe da coca, digo, cana, levado às pressas ao hospital, foi desintoxicado e sobreviveu. O grande problema foi a quantidade de droga que encontraram em sua mochila. Do hospital, ele foi direto pra cadeia, fichado como traficante. A partir desse dia, sua vida virou um inferno.

Durante os anos em que Paolo morou na capital, seu pai, solitário aqui na ilha, enrabichou-se por Iara, uma moreninha jeitosa filha de sua cozinheira, que andava dando sopa pela fazenda em trajes que atentavam contra o pudor. Resumo da ópera: o velho babão a engravidou. Fosse em outros tempos, teria pago um aborto e despachado a garota; contudo, agora, com a idade e a solidão, tornara-se um sentimental. Assim que, contra todos os prognósticos, feliz da vida com a notícia de que seria pai novamente contraiu com a moça segundas núpcias.

Paolo, irritado com o que chamou de delírio senil do velho, negou-se a ir ao casamento do pai. E, de certa forma, isso deve ter contribuído pra que ele se atirasse ainda mais no vício. Pra azar seu, a notícia de sua prisão pegou seu Domenico em plena lua de mel. O advogado da família deu-lhe o relatório completo, sem esconder nem mesmo a natureza da relação entre Paolo e Pepe. Fosse em outros tempos, ele teria dado uma bronca no filho, mas o acabaria perdoando; contudo, agora, rejuvenescido pelo novo casamento e às vésperas de ser pai de novo, não pensou duas vezes, deserdou o filho e o entregou à própria sorte. Não sem sofrimento. Amava-o demais, e esse amor lhe havia custado muito dinheiro, dinheiro esse que pretendia recuperar quando Paolo se formasse. Fosse só a questão do tráfico, provavelmente o teria perdoado; o que não suportava era a ideia de ter um filho homossexual. Isso foi a gota-d'água. Matou uma garrafa de Siciliana, verteu grossas lágrimas pelo filho e o enterrou em vida.

20. O DIABO TÁ SOLTO NA ILHA!

Na prisão, Paolo soube da morte do pai, que tivera um infarto fulminante no dia em que nasceu seu segundo filho, Dino, herdeiro único do império de seu Domenico. A respeito da escolha do nome do segundo filho, vale contar o por quê: seu Domenico achou por bem homenagear outro jogador da vitoriosa seleção de 1982, dessa vez o goleiro, Dino Zoff.

Nesse mesmo dia, Paolo, que timidamente passara a frequentar cultos evangélicos dentro da prisão, aceitou Jesus. Quando, por bom comportamento, teve sua pena reduzida e ganhou a liberdade, era um novo homem. Voltou à ilha e a primeira coisa que fez quando aqui pisou os pés novamente foi visitar o irmão. Não passou do portão. Foi escorraçado por Iara, mas, como bom cristão, perdoou-a. Passou mesmo a orar por ela e por Dino, quando abriu sua igreja, diante da qual agora estou. Ah, esqueci-me de dizer que ele ainda na prisão, e depois de ter aceito Jesus, participou de pequenos encontros dedicados à cura *gay*; daí que, já em liberdade, procurou uma boa e religiosa moça e com ela se casou. E aparentemente é a voz de sua esposa que estou ouvindo. Entremos pra confirmar minha suspeita? Detalhe: após dois anos de casamento, ela enfim engravidou; mas não pensem bobagem, que ela eu nunca vi passar nem perto da paróquia.

Lá está ela, de barriga saliente e microfone em mãos. É bonita como o nome. Chama-se Rosa. Pena que... Esqueçam. Melhor que eu dizer algo é ouvi-la:

— É, meus irmãos e minhas irmãs, é o fim dos tempos! O diabo tá solto na ilha! E escolheu justo o dia de hoje pra botar as asinha de fora. E sabem por quê? Essa ilha vive em pecado, e num é de hoje. Eu digo que nossa ilha num tem nome, é terra de ninguém. Me recuso a dizer o nome desse santo. Santo? Hahaha!

Santos num existem, irmãos e irmãs! São uma invenção da besta-fera de Roma. Os católicos num rezam pra Deus, rezam só pros santos. E o que é que são os santos, me digam? Gente de carne e osso que nem nós, irmãos e irmãs! E esse daí, esse que chamam de márti, esse "santo" brasileiro — que nem brasileiro era! — num passava de um jesuíta desavergonhado que vivia amancebado com as índia daqui, que traiu sua religião, por isso foi morto pelos português. Essa história de que ele ajudava os índio é tudo conversa pra boi dormir. A verdade é que ele o que fazia era se aproveitar deles. Embuchou meio mundo, metade das índia que vivia aqui tiveram filho dele. É por isso que eu digo que hoje a gente pode ver aí andano pela rua muito descendente desse padre safado. É o sangue dele que corre ainda pelas veia de metade do nosso povo. Por isso, Deus nos castigou, por isso nossas mulhé num engravidavam. E agora, pra acabar de completar a tragédia, satanás mandou esse lobo em pele de cordeiro, esse argentino duma figa, esse imoral desse padre Diego, esse depravado de batina. A história se repete em tom de farsa, irmãos e irmãs! O que aquele jesuíta fez séculos atrás, hoje outro membro da Igreja Católica torna a fazer. É por isso que Deus mandou água sobre a ilha! É por isso que Deus mandou frio e vento sobre a ilha! E eu não duvido nada de que daqui pras seis horas da tarde num comece a cair neve! É pra combater o cão, irmãos e irmãs! É! Deus tá em guerra com satanás! É o fim dos tempo! Onde tá meu marido? E o prefeito? E o delegado? Cadê a puliça? Vocês sabem onde eles tão? Eu sei! Eu sei! Eles tão tudo sequestrado! E isso é obra de satanás, pelas mão da Igreja Católica! Mas nós num vamo deixar o diabo tomar conta da nossa ilha, não! Agora, os infiéis tão tudo lá no ginásio dançano a dança do capeta, numa imoralidade só! Agora, irmãos e irmãs, agora é que nós precisamo de ser mais forte! Começou a guerra! E nós somos os soldado de nosso senhor Jesus Cristo! Nós tamo em nova cruzada. É por isso que nossa igreja tem esse nome, porque nós somo soldado de Cristo, e viemo pra lutar! Pra vocês verem, esse nome é tão mentiroso que nem eles aceitam. O santo — entre aspas, tá certo, irmãos e irmãs? —, o santo é um e o nome é outro. Onde já se viu? E eles podem espernear, mas a cruzada só vai descansar quando a gente conseguir que o nome da ilha volte a ser o que nunca devia de ter deixado de ser: Ilha do Sol. Aleluia!

Saí. Já ouvi o bastante. Sabem quantas pessoas estão lá dentro? Meia dúzia de gatos pingados: duas beatas viúvas — uma no fim da vida —; três adolescentes que nunca beijaram na boca, duas moças e um rapaz; a irmã mais nova de Rosa, Flor, que tem um caso com Paolo; e um fulano que diz que é ex-cachaceiro, mas bebe escondido. E adora uma Siciliana. Esperem, errei na conta: no total são sete — também não sou muito bom de matemática.

Entretanto, agora que Rosa começou, vejo-me obrigado a contar a história de São Nunca como de fato aconteceu, não como ela deturpou.

21. NUNCA MAIS!

A única verdade que Rosa falou sobre São Nunca é que ele não era brasileiro. Nasceu em Úbeda, Espanha, no dia 29 de fevereiro de 1520 e recebeu o nome de Nicanor Sabina. Desde criança, foi educado pra ser um religioso. Mudou-se pra Salamanca, onde estudou durante quatro anos na universidade local, mas foi transferido pra Portugal, onde se bacharelou em direito canônico e filosofia pela Universidade de Coimbra. Pouco tempo depois, foi ordenado pela Companhia de Jesus, fazendo-se pregador. Viajou então por várias cidades de Portugal, até ser um dos escolhidos por Dom João III pra vir em missão ao Brasil Colônia catequizar os indígenas.

Chegando aqui, viajou muito, participou da fundação das cidades de Salvador e do Rio de Janeiro, foi importante peça na luta contra os franceses, desenvolveu ainda intensa campanha contra a antropofagia que existia então entre os nativos, mas ao mesmo tempo, e sobretudo, combateu a exploração destes pelo homem branco. Incansável, chegou à ilha, que então se chamava Ilha do Sol, por ser nosso espaço territorial mais ao leste e que, portanto, era — e ainda é, obviamente — o ponto de onde o sol nascente podia ser visto primeiro. Outra coisa que Rosa acertou, mas errou de século, é que nossa ilha foi, sim, terra de ninguém, mas naquela época. Por ficar longe do continente, era praticamente esquecida e os portugueses que aqui moraram, como direi?, pintaram e bordaram. E entre suas poucas virtudes não estava a obediência religiosa. Também tinham o hábito de tratar os nativos com crueldade, e a violação de índias era constante.

Assim, Nicanor logo se rebelou contra essa anarquia e em pouco tempo conseguiu virar *persona non grata*. Foi então que passou de vez pro lado dos índios e proferiu sua frase mais célebre, pela qual ficaria conhecido:

— NUNCA MAIS!

Essa frase, ou melhor, esse grito foi uma espécie de "independência ou morte" local, e foi a partir dele que surgiu o apelido do santo. Reza a lenda que ele se rebelou, pegou em armas e chegou a assassinar um punhado de portugueses, mas são apenas boatos que não devem ser levados a sério. Afinal, se tivesse feito metade das coisas que disseram que ele fez, não teria sido canonizado.

Por fim, foi arrancado do meio de uma aldeia pelos portugueses e levado pra Fortaleza do Sol. Não havia comentado ainda sobre ela, verdade? Essa fortaleza havia sido construída pra afastar piratas que rondavam nossas margens, mas também servia como calabouço onde metiam aqueles que desafiavam a falta de lei que imperava na ilha. Nicanor foi um deles, e acabou sendo assassinado com várias punhaladas no corpo. Conta-se que poucos instantes antes de expirar ele riu e disse outra de suas famosas frases:

— Podem me matar, mas jamais destruirão meu coração.

Outra lenda que corre é que seus verdugos então, ultrajados por aquelas palavras, teriam arrancado seu coração e jogado numa fogueira, porém, no dia seguinte, quando só restavam cinzas, lá estava o coração do santo, intacto.

O resto vocês já sabem, Nicanor foi canonizado pelo papa Inocêncio XI também num 29 de fevereiro, só que do ano de 1680, e passou a dar nome a nossa ilha em outro 29 de fevereiro, dessa feita do de 1704. Contudo, como todos os são-nicanorenhos — quase todos — temos-lhe muita estima, pra nós ele será sempre São Nunca.

22. QUEM EU NUM CONSIGO PERDOAR É O MORTO

Estou passando agora em frente ao Hospital Coração de São Nicanor. Vou entrar pra ver como está Severino.

Opa! Quem vejo ali? Parece Minervina. Sim, é ela. E está chorando. A seu lado está o dr. Anísio, que a consola.

— Fique assim não, minha filha. Deixe que o tempo se encarrega de tranquilizar Severino. Tu vai ver, tudo se ajeita.

— Se ajeita como, dotô? Se já faz é uma ruma de tempo que ele tava ali trancado que nem um bicho naquela jaula e a raiva só fez foi aumentar...

— Minervina, criatura, pois cadeia é lá lugar de raiva diminuir? Agora que ele tá do lado de fora é que vai poder pensar direito. Tenha paciência. A ilha tá sem polícia e sem autoridade nenhuma, então num tem ninguém pra prender ele de novo. Ele vai ter tempo de esfriar a cabeça, tu vai ver.

— Pois então me diga, dotô Aniso, cumé que Severino, que é nervoso que só, vai me perdoar se tem esse ban'de gente besta mangano dele? O sinhô num viu quando ele entrou o quê que os outros doente fizeram, num viu não? Dizeno "lá vai o corno", fazeno assim com os dedo que nem se fosse dois chifre... Não, dotô, tem jeito não. Eu vô ter é que criar meu fi sozinha e ainda tocar o armazém. Sei se eu guento não...

— Olhe, Minervina, vamo fazer assim: hoje tá seno um dia esquisito, melhor acalmar os nervo. Eu, se fosse tu, voltava pra casa, me arrumava e ia pra festa. Minha mulhé me ligou e disse que levaram tudo pro ginásio. Vai ter até o show dos Filhos de São Nunca. Vá lá, leve Netinho e se distraia um pouco. Deixe que eu me encarrego de falar com Severino. Ele é desse jeito, mas é um homem honesto, trabalhador; quando parar pra pensar, vai ver que as obrigação vêm antes do orgulho. Tá bom?

— O sinhô falano desse jeito parece inté que é a coisa mais faci do mundo. Mas deixe, deixe que eu vou sim. Vou cuidar de minha vida, e, se ele num me perdoar, que se lasque, que eu já perdi foi tempo demais me sentino culpada. E o criminoso é ele.

— Fale isso não, minha filha. Tu também tem que perdoar ele, senão como é que ele te perdoa?

Minervina segura as duas mãos de dr. Anísio, esforça-se pra fazer da careta um sorriso de gratidão e se levanta. Caminha até a porta. Para e se vira. Parece que vai dizer alguma coisa:

— Brigada, dotô. Por tudo. E, olhe, perdoar ele eu já perdoei faz tempo. Quem eu num consigo perdoar é o morto.

23. TE RENEGO, SÃO NUNCA!

Aproveito que Minervina abriu a porta e saio junto, assim economizo meus superpoderes. Se eu fosse poeta, diria que o vento assovia uma canção. Como não sou, só agradeço por ter meus métodos pra ficar imune ao frio. Minervina caminha com passos decididos. Até endireitou mais o corpo. Aí vai uma mulher forte. E olhem que, magrinha do jeito que é, se não se firma podia até ser levada pelo vento. Acho que vai pegar o filho e correr pro ginásio.

Alguém acaba de cruzar seu caminho no sentido contrário. Ora, mas se não é nossa beata que vi há pouco no Templo da Cruzada? Agora, fiquei curioso. Vou acompanhá-la. Sua casa fica a duas quadras daqui. Sabem quem ela é? Seu nome é Maria das Dores — e é um nome bem apropriado, diga-se —, mas o povo daqui a chama de dona Dasdô. Lembram-se daqueles quatro sem-vergonhas? Refiro-me aos rapazes que assaltaram o supermercado. Então, ela é a mãe deles. Não é à toa que não sai do culto. Enquanto caminho ao lado dela, vou lhes contar um pouco sobre sua história.

D. Dasdô já foi católica. E, mais que isso, era daquelas tão fervorosas que só tinha olhos pra Nosso Senhor. Apesar de ser uma morena bonita, afastava todos os pretendentes. Queria se entregar de corpo e alma a Cristo. Seu sonho era entrar prum convento e se ordenar freira. Sua mãe, timidamente, incentivava-a; o problema era seu pai. A questão era simples: Dasdô era filha única, e seus pais não viviam um bom momento financeiro. Seu pai, que era pedreiro, durante uma construção, pendurado num muro enquanto derramava concreto numa coluna, perdeu o equilíbrio e levou uma queda. Trincou a perna. Contudo, teimoso, não foi ao médico e continuou trabalhando. Poucos dias depois, caminhando de volta pra casa, pisou em falso e desabou no chão. Tentou se levantar, mas não conseguiu. A perna, trincada, com o movimento em falso do calcanhar havia se quebrado. Depois disso, a contragosto teve que ir ao hospital, de onde saiu com um gesso na perna. E quem disse que isso o impediu de trabalhar? Continuou indo. E a perna continuou a doer. Quando chegou o dia de tirar o gesso, soube pelo médico que a situação da perna havia piorado e que ele teria que engessá-la novamente. Ouviu ainda a seguinte pergunta:

— Tu ficou em repouso conforme eu lhe mandei?

O pedreiro abaixou a cabeça e não teve coragem de dizer nada. Pra resumir, o estado da perna piorou cada vez mais e ele acabou precisando de muletas pra andar, o que o impediu de vez de continuar trabalhando. A mulher ajudava como podia, costurando pra fora, mas o pouco que ganhava não dava pra manter a família.

O jeito era casar a filha com alguém de posses. E foi o que passou a ser o objetivo do pai de Dasdô. Não precisou procurar muito. Como o número de pretendentes não era pequeno, foi fácil escolher o genro. Não teve choro nem vela. Dasdô ensaiou um discurso de rebeldia, mas vivíamos noutra época. Seu pai só precisou lhe mostrar o cinto que ameaçava tirar da calça pra que a moça, vencida, acatasse-lhe a decisão. Deixando o amor de lado — o que ela dedicava a Deus e o que jamais dedicou a homem nenhum —, podemos dizer que Dasdô teve sorte. O escolhido pra ser seu marido foi Acrísio, filho de um famoso criador de búfalos.

Leitores, nossa ilha possui muitos matizes. Tantos, que não dou conta de contar todos. Havia me esquecido completamente de outra riqueza nossa: os búfalos. E essa é outra história que já virou folclore. A versão mais popular é a de que no século XIX um navio que vinha da Índia carregado com esses belos animais de origem asiática tinha como destino a Guiana quando naufragou perto da ilha — mais um naufrágio em nossa história. Alguns animais nadaram até a margem, adaptaram-se ao clima e se reproduziram. No começo, viviam soltos, o que gerava até medo na população, que não estava acostumada com os bichos. Até que um dia um fazendeiro visionário resolveu se apropriar deles com interesses monetários. E a coisa deu tão certo que outros animais foram importados pra cá e os rebanhos aumentaram cada vez mais. Por isso, a culinária de nossa ilha é também famosa pelo queijo e pela carne de búfalo. E Acrísio era filho de um de seus produtores.

O casamento foi realizado, e Dasdô trocou de sonho. Fez uma promessa pra São Nunca pela qual lhe prometeu que a primeira filha mulher que tivesse seria destinada ao convento. Dasdô teve quatro filhos homens, o que ela podia até ter interpretado como uma benevolência do santo, visto que aqui essa quantidade de filhos sempre foi coisa rara. O fato é que muitas outras esposas tinham até inveja de sua facilidade pra engravidar.

Ela, entretanto, não estava satisfeita e não iria desistir até ter uma filha mulher. O que lhe atrapalhou os planos foi um detalhe dos mais significativos. Seu marido, que tinha duas características marcantes — era vagabundo e mulherengo —, depois do casamento adquiriu mais uma: virou alcoólatra. Assim, quando não estava atrás de um rabo de saia, seu passatempo predileto era esvaziar garrafas. Não precisa ser gênio pra perceber que nessas condições Acrísio tinha sérias dificuldades pra, como dizem, comparecer com suas obrigações matrimoniais. Pior: das três características marcantes — não vou chamá-las de defeitos —, foi obrigado a abrir mão de uma delas. Parou de correr atrás dos rabos de saia. E por uma razão imbatível: ficou brocha.

Foi quando Dasdô perdeu a fé. Foi até a igreja, olhou firme pra estátua do santo e lhe disse:

— Santo fi duma rapariga! Embuchou metade da ilha, mas num teve capacidade de me dar uma filha! Te renego, São Nunca!

Foi a última vez que pisou os pés numa igreja católica, não sem antes dar uma boa cuspida no sacro solo.

Anos depois, seu marido morreu de cirrose. A herança foi até boa, mas como Dasdô, ao contrário do marido, sempre gostou de trabalhar, passou a se dedicar ao ofício de costureira, que havia aprendido com a mãe. Viveu ateia durante muitos anos, até que a febre das igrejas evangélicas chegou à ilha. Foi quando, percebendo que não estava só em seu ódio ao santo, aceitou Jesus novamente. Dessa vez, sem intermediários.

24. AQUI DENTRO A PULIÇA SOU EU

Chegamos. Uma pena que eu não podia ajudar Dasdô a enfrentar esse vento. Entre meus superpoderes não está o de influenciar nos acontecimentos.

Ela abre a porta e se depara com uma cena deprimente. Seus quatro filhos estão completamente bêbados e além disso também fumam. Pelo chão, há garrafas e latas vazias. No meio da sala, jazem dois carrinhos de supermercado, um deles cheio, o outro pela metade. Eles riem e jogam videogame.

— Mas que diabo é isso, seus moleque? Onde é que cês pensam que tão?

Silêncio.

— E isso aqui? Ai, meu Deus do céu! Eu num acredito no que eu tô veno! Isso é um revolve? Alguém vai me explicar o que tá aconteceno?

Silêncio.

Os quatro se entreolham como a perguntar quem vai ter coragem de abrir a boca e tirar o foco dos outros três. Dasdô se aproxima do revólver e o pega. Segura-o com firmeza e o aponta na direção dos filhos.

— Como é que é? Quem vai ser o premero?

Os quatro, em uníssono:

— Mãe?

Uma pausa, caros leitores. Outro de meus superpoderes literários é o da paralização de cenas, que é uma espécie de controle remoto do narrador. Não gosto muito dele e procuro não o usar tanto quanto os demais porque, além de deixar as personagens numa incômoda situação de desvantagem ante mim, costuma provocar no leitor uma sensação de anticlímax, mas, quando o momento é oportuno, não posso negar que é uma boa ferramenta. Como acredito ser o caso. Vamos lá. Engana-se quem pensa que Dasdô é uma senhorinha frágil; ela é na verdade o homem da casa. Quando fala grosso, os quatro ganzelões miam — ou ganem, como queiram. Eu não acredito nessa crença, mas ela costuma desabafar com as amigas dizendo que nenhum dos quatro filhos puxou a ela, todos herdaram o sangue ruim do pai. Uma coisa é certa: são quatro vagais que não valem o que comem; nisso, sim, puxaram ao pai. O que não conseguiram foi o borogodó com as mulheres, pois são tão toscos que mal conseguem construir uma frase mais complexa que fuja do padrão sujeito e predicado. Uma virtude deles é que se dão bem. Talvez por terem muitos defeitos, um procura se escorar no outro no intuito de — isso sou eu quem imagina — fazer que a soma dos quatro projetos de homem resulte num inteiro. Nasceram em sequência, Dasdô engravidou quatro anos seguidos. O mais velho tem 17 e o mais novo 14. Durante esse período foi que Acrísio começou a dar suas escapadelas, porque a mulher estava sempre de barriga. Porém, se Dasdô nunca amou o marido, ama profundamente os filhos — apesar de nenhum deles ser uma menina — e ainda tem fé em vê-los um dia no culto aceitando Jesus. Não é meu caso. Como a maioria dos são-nicanorenhos, também não vou muito com as fuças deles. Tanto que nem vou me dar ao trabalho de dizer seus nomes, visto que são agentes menores nesta história.

Descongelei a imagem. O mais velho parece que vai dizer algo. Ouçamos:

— Mã-mãe, esse revolve é do pai.

— O quê? Teu pai tinha um revolve?

— Tinha. Ele deixava escondido, mas um dia a gente viu onde ele guardou.

— E o quê que cês tavam fazeno com ele?

— Nada, mãe, só brincando.

Falou o segundinho.

— Brincando, é? Isso aqui mata, sabe não, coisa ruim? 'Xeu brincar também pra ver se é bom.

Ela manipula o revólver e aponta de um pra outro. Eles todos estão tão assustados que não duvido nada se molharem as calças.

— Nós roubemo o mercado do seu Brás.

Falou o mais novo. Os outros três o olham com fúria.

— Saia pra lá, vá!

Dasdô se senta no sofá no meio deles. Está pensativa, olhando prum ponto na parede acima da televisão. Pensa em chorar, mas sabe que não pode se dar esse luxo. É uma mulher sozinha cuidando de quatro marmanjos. Ainda é jovem, mas aparenta ter o dobro da idade. Suas dores a envelheceram precocemente, mais que o inclemente sol da ilha. Levanta-se, apoiando-se no joelho de um. Quase não aguenta o peso do próprio corpo. Depois dos quatro partos engordou mais de 30 quilos.

— Esse revolve fica comigo. Vou dar um sumiço nele. Eu tô cansada, meus fi, munto cansada. Preciso tomar um bãi. Tô toda molhada também. O negoço é o seguinte: essa casa é minha e quem manda aqui sou eu. A partir de hoje, quem quiser continuar viveno aqui, comeno, bebeno e dormino, vai ter que ser de acordo com minhas regra. Então, vou dar duas escolha pra vocês: se preferirem levar uma vida sem lei, se mandem e vão procurar outro canto. Agora, se quiserem continuar aqui, quando eu sair do banho quero a casa um brinco e quero também que vocês devolvam o que dá pra devolver e paguem o resto. E peçam desculpa pro seu Brás em meu nome, que eu num criei fi pra me fazer passar essa vergonha. Lá fora pode num ter puliça, mas aqui dentro a puliça sou eu. Aviem! Ligeiro!

Nem bem ela entra no banheiro, principia uma revolução na casa. Nunca vi esses moleques fazerem nada na vida com a rapidez com que arrumam a sala. Até o porre parece que passou. Cochicham entre eles e pelo visto resolvem ir os quatro. Vou acompanhá-los só pra ver onde vão enfiar a cara na hora em que devolverem tudo.

25. O ÚLTIMO A CHEGAR É FILHO DO PADRE!

Dá dó de ver. Uma mãe tão valente — tá certo, meio abilolada, mas valente — gerar quatro, que nem dizem aqui, "imundiça". Acompanhei tudo em tempo real, mas não narrei, pra vocês não precisarem passar raiva junto comigo. Agora, resumido, é menos frustrante. Sabem o que os moleques fizeram? Ficaram uns minutos sussurrando um tanto desesperados, até que um disse algo e todos concordaram, aliviados. Então, o mais velho rabiscou uns garranchos, meteu o papel dentro dum envelope, pôs no bolso e saiu na frente, liderando a patota, que seguia atrás com os dois carrinhos d'O Barato da Ilha. Até aí, tudo bem, estavam até alegres de novo, um caçoando do outro, mas foi só chegar perto do mercado pro cagaço voltar. Pararam a uns metros do estabelecimento, o mais velho abriu uma caixa de cerveja, tirou o envelope do bolso, dobrou-o e o enfiou dentro dela. Em seguida, os quatro se entreolharam, emparelharam os carrinhos e os empurraram com força em direção ao mercado. Enquanto os carrinhos corriam pela calçada, os moleques assoviaram e gritaram até que viram alguém sair de dentro do mercado pra ver o que estava ocorrendo. Nesse instante, saíram às carreiras como quem diz "O último a chegar é mulher do padre!" — pra não perder a piada, podiam ter dito também "O último a chegar é filho do padre!" — e nem olharam pra trás. Seu Brás foi chamado à entrada e apareceu com metade do rosto coberto de curativos. Um funcionário lhe entregou o envelope, que ele logo devolveu, dizendo, com aquela voz fininha que Deus lhe deu:

— Sei ler não, macho. Lê tu!

O funcionário tirou o papel de dentro e leu: "Seu Brás, desculpe o mau jeito. No fim do mês, mãe paga o prejuízo."

Sabem que contado assim tem até graça? Mas aqui, ao vivo e em cores, a vontade que tive foi de dar uma surra nesses inúteis. Pena que eu não posso interferir nos acontecimentos.

Vamos pra onde agora? Ah, já sei.

26. TRUCO!

Se dependesse exclusivamente de minha vontade, iria agora correndo pro ginásio acompanhar o show do trio de Santinho, o já citado Filhos de São Nunca, de quem sou fã de carteirinha, porém, como tenho o encargo de relatar esta história, o jeito é cumprir minha missão. Afinal, não sou seu autor, e sim um humilde narrador.

Portanto, como seu guia turístico literário, informo que nossa próxima parada é um nada charmoso casebre abandonado. Calma, não se assustem! Não abandonem o passeio ainda! Prometo que não se trata de enfadonha visita, tampouco de conto de terror. Ele está abandonado há anos, mas uma ação em particular de um de seus ex-moradores já teve consequências que perduram até hoje. Entremos, pois até eu faz anos que não passo por aqui. Vou ter que atravessar a parede, se não se importam.

Cá estou. A primeira impressão não é das melhores. Há escuridão, pó, baratas, aranhas — entre meus superpoderes também está o de enxergar no escuro — e me parece ter visto também uma ratazana, mas talvez ao notar minha presença tenha escapado pra seu esconderijo — mais um detalhe sobre mim: além de Tudo-Joia, o reino animal também nota minha presença. Tanto que tenho tentado me fazer amigo de cães e gatos pra que eles não estraguem a paz de minhas rondas.

De diferente das demais casas abandonadas, o que há aqui são vários móveis. Como a família que aqui vivia teve que sair às pressas, mal teve tempo de encher uma mala com algumas mudas de roupa. A mesa da cozinha aí está, com suas quatro cadeiras; o armário, com pratos, copos e talheres; um sofá com o revestimento carcomido; no único quarto, a velha cama de casal sobrevive, com um mole colchão jazendo sobre ela, ladeada por outra, esta de solteiro; o guarda-roupa vazio ainda está com uma das portas abertas — nem se deram ao trabalho de fechá-lo —; enfim, não vou continuar pra não aborrecê-los, fi-lo somente no intuito de comprovar como seus moradores foram embora sem olhar pra trás. Pra terminar, conto ainda que há mesmo sobre um criado-mudo um porta-retratos com uma amarelecida foto em preto e branco de seus três moradores. Dois estão rindo — a mãe e a filha —, já o terceiro elemento, o pai, olha diretamente pra câmera com um olhar vago que tanto pode ser tristeza, enfado ou raiva.

E esse sujeito tinha lá suas razões não só pra ser acometido por um desses três substantivos abstratos, como até pelos três ao mesmo tempo. É o velho Olegário. Esse sujeito foi durante sua vida inteira uma espécie de jogador profissional. Nunca se soube que ele tivesse exercido outra profissão que não esta. Onde quer que houvesse dois ou três jogando o que fosse, lá estava ele. Baralho, dama, trilha, dominó, xadrez, ludo, bingo, pebolim, sinuca, palitinho, abafa, bolinha de gude... o que vocês imaginarem. Quer dizer, qualquer tipo de jogo que envolvesse dinheiro. Se resolvessem jogar qualquer um desses jogos que citei acima só por brincadeira, ele ia embora. Não vou mentir dizendo que ficou rico, mas, como tinha um dom impressionante pra coisa, pôde, durante décadas, viver da, digamos, sorte nos jogos de azar. Ainda bem que não está mais entre nós, pois se estivesse aqui me ouvindo chamar a seu talento sorte certamente diria que é até uma ofensa, visto que ele era — sempre foi — um estudioso menos dos jogos e mais do comportamento humano. Não era bom em tudo, mas sabia ler uma expressão facial como poucos, por isso, como raramente se equivocava, costumava sair das mesas de apostas sempre levando mais dinheiro do que o que trouxera.

Seu maior mal foi não encontrar mais adversário. Se ele tivesse decidido se mudar pro continente enquanto estava ganhando, capaz que lá teria feito fortuna; mas aqui, com a limitação geográfica, e pelo fato de ser um jogador famoso na ilha, chegou o dia em que sua sorte e seu talento depuseram contra ele. Quando se aproximava de onde houvesse um círculo de jogadores, a roda se dispersava. Fugiam dele como — dizem — o diabo foge da cruz. No começo, ele não se importou, e este talvez tenha sido seu primeiro erro. Sabia que sempre encontraria onde pudesse lucrar com seu talento. Até o dia em que não havia mais um só são-nicanorenho disposto a enfrentá-lo nem numa simples partida de dama — a dinheiro, claro.

Dizem também que o castigo vem montado a cavalo, mas no caso de Olegário quem veio foi o azar. E pra ficar. Na mesma época em que viu que não tinha mais adversários na ilha, descobriu que estava com câncer de pulmão. Tanto blefou, que iria morrer se sentindo vítima de um blefe, pois nunca fumou nem bebeu. Aliás, essa também era uma de suas táticas. Como nos ambientes de jogatinas em geral todos bebiam, ele sempre se manteve sóbrio, pra que nenhum de seus sentidos falhasse quando ele deles precisasse. E agora essa.

Contudo, como bom jogador, apostou até o final, mesmo sabendo que a última partida iria perder. Não, façamos-lhe justiça mais uma vez. Em sua última aposta, sabendo que ia perder, tratou de apostar no adversário.

Foi assim que explodiu a si e a outros infelizes que tiveram a má sorte de estar na barca naquele fatídico dia. Eu estava lá também, como testemunha ocular dos fatos — só não morri porque há tempos perdi essa capacidade —, e ouvi suas últimas palavras:

— Truco!

27. A PARTIR DE HOJE, O QUE É MEU NÃO É MAIS SEU

Temos o crime. Falta o motivo. É chegada a hora de desvendar esse mistério que durante anos deu o que falar na ilha até que aos poucos foi sendo esquecido e virou mais um folclore popular. Uma boa história precisa de um vilão, e até agora, apesar de ter desfilado por esta passarela um leque de variados — e peculiares — tipos, nenhum deles eu poderia encaixar nesse perfil. Estava demorando, né?

Sugiro que parem um pouco, vão ao banheiro, preparem um café, depois voltem, porque lá vem prosa!

***

Voltaram? Pois bem, em mais este capítulo dedicado a um *flashback*, venho apresentar-lhes a história de duas famílias — que no começo eram uma única — que foram inimigas durante praticamente um século e se alternaram no poder há até pouco tempo, quando um dos lados passou a não ter mais herdeiros.

Como vocês já sabem, nesta ilha temos esse problema em relação à natalidade. O mais comum sempre foram famílias sem nenhum filho; muitas delas tiveram um filho só; e as que lograram ter dois se julgavam abençoadas e aumentavam o pagamento do dízimo à paróquia — excetuando dona Dasdô, claro. Já casos de famílias com três filhos ou mais eram vistos como verdadeiras anomalias. Só que o caso desta foi tão trágico — no longo prazo — que tenho certeza de que o velho Silva teria chorado lágrimas de sangue em vez de dar a festona que deu quando soube que sua mulher tivera gêmeos.

Silva foi um dos mais ricos fazendeiros da ilha. Preciso explicar por que de repente, após vários capítulos apresentando todas as personagens por seu primeiro nome, insiro na trama uma por seu sobrenome. Vocês já saberão. Só pra constar, Silva era conhecido como coronel Isaac. Como já disse, sua esposa engravidou uma única vez e teve dois gêmeos: Pedro, o que nasceu primeiro; e Paulo, que veio logo em seguida. Ambos cresceram fortes, bonitos, saudáveis e muito unidos. Uma de suas brincadeiras preferidas era a troca de identidade, ou seja, um se fazia passar pelo outro pra enganar amigos, professores e até parentes próximos. Até mesmo coronel Isaac às vezes se deixava enganar. Só quem jamais se enganou foi dona Sarah, mãe dos pimpolhos.

E eis que os jovens cresceram e chegou aquela fase em que as velhas brincadeiras passam a disputar espaço com a descoberta da sexualidade. Ainda nesse período, aprontaram das suas, até que chegou um momento em que Pedro percebeu que estava em desvantagem. Este sempre fora o mais extrovertido dos dois, assim, naturalmente, quando adolesceu passou a acumular conquistas amorosas, ao passo que Paulo, mais retraído, não tinha a mesma facilidade com o sexo feminino. Foi então que entrou na história Esmeralda, uma linda ruiva de olhos verdes que enlouqueceu os dois rapazes e, por força da lábia de Pedro, se engraçou por este. A paquera se transformou em namoro, logo noivado e, quando estavam em vias de marcar a data do casamento, pela primeira vez Pedro chamou o irmão pruma conversa e lhe disse:

— A partir de hoje, o que é meu não é mais seu. Combinado? Veja pelo lado bom, mano: o que é seu também deixa de ser meu.

Ambos riram e se deram as mãos, mas Paulo, lá no fundo, não pensava em cumprir o trato.

Marcou-se a data do casório. Numa tarde de sábado, quando faltava cerca de dois meses pra celebração, Paulo convenceu o irmão a sair pra comemorar. Pedro costumava passar as noites de sábado com a noiva, então em princípio rechaçou o convite, mas, como aquele insistisse, e em nome dos velhos tempos e do sentimento de amizade que nutria pelo irmão, aceitou. A tarde virou noite, Pedro bebeu além da conta, flertou com o mulherio, acabaram ambos numa casa de má fama, mais conhecida como Les Quengas — mais tarde trato desse importante "ponto turístico" são-nicanorenho —, onde o noivo caiu desmaiado no quarto de uma das profissionais. Paulo despejou umas moedas na mão da dona do lupanar e esta concordou em deixar que o bêbado passasse a noite naquele quarto. O trato era desvantajoso pra ela, mas, como se tratava de dois *habitués* da casa, ademais filhos de coronel Silva, aceitou.

Paulo correu pra casa de Esmeralda fazendo-se passar por Pedro, e, como esta já estava de casamento marcado, seus pais afrouxaram a marcação, e ambos se viram sós na varanda. O falso noivo, sabedor de que esta seria sua única chance, apesar da timidez — e ajudado pelo álcool que havia consumido — exigiu que a moça lhe demonstrasse seu amor entregando-se a ele. Claro que ela em princípio não concordou, mas Paulo foi tão enérgico que a assustou. Chegou a lhe dizer num acesso de fúria:

— Se tu num provar que me ama se deitano mais eu hoje, acabou-se essa história de casamento.

As lágrimas afluíram aos olhos da moça, então ele suavizou o discurso, abraçou-a, beijou-a, e ela se viu como que entorpecida pela inusual paixão daqueles beijos e quando deu por si já estava no chão do terreiro, entre porcos e galinhas, com Paulo dentro dela.

A experiência, contudo, foi boa. Se casamento era aquilo, Esmeralda seria a mais feliz das esposas. Teria dormido como um anjo, não fosse o que Paulo, ao se despedir dela, sussurrou-lhe ao ouvido:

— Galega, se tu num contar pra Pedro, eu também num conto.

Foi como se um raio tivesse caído sobre sua cabeça. Esmeralda, lívida, viu o demônio naquele olhar. Porém, nos dias que se seguiram, sem coragem pra contar o engano pra quem quer que fosse, cumpriu — a contragosto — o acordo. O problema foi o enjoo, que certo dia foi percebido por sua mãe, que com dureza no olhar lhe perguntou:

— Minha fia, num vá me dizer que tu tá de barriga, tá?

Esmeralda, sem saber o que dizer, calou-se. Sua mãe, resignada, abraçou-a e proferiu:

— Menos mal que já tá de casamento marcado.

Foi quando a filha confidenciou à mãe o que lhe pesava na alma:

— É de Paulo.

28. INDA VOU LAVAR A HONRA EM TEU SANGUE

Vocês já devem ter imaginado o deus nos acuda. Pra evitar maiores falatórios, os pais da noiva e do noivo se encontraram sem que Pedro e Paulo soubessem e acordaram que o casamento estava de pé, e na mesma data, só que com o irmão trocado. Quando Pedro soube, não matou o irmão porque o velho Isaac sabia impor respeito. No entanto, ao lhe dirigir a palavra pela última vez, foi profético:

— Um dia, inda vou lavar a honra em teu sangue.

Paulo riu e acrescentou:

— Que é o mermo teu.

Paulo e Esmeralda se casaram e sete meses depois tiveram uma linda filha. Pedro encontrou outra moça e dois anos depois também contraiu matrimônio. Um ano depois, sua esposa lhe deu um filho. Os dois irmãos souberam incutir na cabeça dos filhos essa rixa, de modo que os primos passaram a adolescência se odiando. O filho de Pedro cresceu e se casou, assim como a filha de Paulo, que foi prometida ao filho de outra tradicional família, os Santos.

Com o passar dos anos, as duas famílias expandiram seus bens e passaram a dominar a política da ilha. Nos anos em que havia eleições locais, os debates eram acirrados, e virou costume a alternância de poder de um lado pro outro, até que chegamos ao episódio da barca.

Coronel Ubiratan da Silva, pai do atual prefeito, foi sempre um homem duro, determinado. Diria mesmo cruel. Criou seu filho único pra ser o rei da ilha, mas logo se frustrou ao vê-lo crescer fraco e afeminado. Em contrapartida, via seu rival, coronel Ulisses dos Santos, tendo a sorte de ver seu também filho único, Aquiles, crescer um rapagão forte e sabido e que fatalmente iria comer seu pobre Ubirajara com farinha. Pelo visto, o futuro preservava uma perpetuação no poder por parte dos Santos; mas ele não era homem de entregar o jogo de bandeja.

Certo dia, chegou a seus ouvidos a triste história de Olegário. Coronel Ubiratan não perdeu tampo, chamou o jogador a sua casa em horas mortas e foi direto. Fez com ele o seguinte trato, melhor dizendo, pacto:

— Olegário, tu é um home morto, eu sei e tu sabe. E, quando tu morrer, tua mulhé e tua filha vão ficar na merda. Pra tu, que gosta de jogar, te dou a chance de morrer deixano o bilhete premiado pra elas. Se tu fizer um servicim pra mim, vai saber a hora e o dia de morrer, mas eu vou me encarregar de num deixar faltar nada pra tua família. Tu aceita?

Olegário, sem saber do que se tratava, como bom jogador que era topou a jogada. Foi assim que, auxiliado pelos capangas do coronel Ubiratan, soube que o filho do coronel Ulisses viajaria pra capital no dia tal, na barca da hora tal, e comprou passagem na mesma barca munido de uma mala cheia de explosivos cuja detonação ocorreria no exato momento em que fosse aberta. Despediu-se da família choroso e dizendo que tinha conseguido um tratamento de graça num hospital da capital e ia se internar lá por uns dias pra fazer uns exames.

Já na barca, podemos dizer que ele deu sorte, pois o trato era abrir a mala no meio do percurso, mas na hora H fraquejou. Fosse um jogo de cartas, teria perdido. Como não era, contou com uma segunda chance e venceu, pois, ao avistar a capital, redimiu-se abrindo a mala, e bem perto da vítima, pra não haver erro. Assim, devido a essa precaução, quando chegou o resgate quis o destino que o último herdeiro dos Santos não estivesse entre os sobreviventes.

As infrutíferas investigações, como frisei antes, foram encerradas por falta de provas. Contribuiu pra isso outra maleta, esta cheia de dinheiro, com um bilhete anônimo dentro. Poucos meses depois, o coronel Ulisses desencarnou e levou pra debaixo da terra uma rixa que durou mais de cem anos. Logo em seguida, passados poucos dias do passamento deste, o coronel Ubiratan foi lhe fazer companhia.

Quanto à mulher e à filha de Olegário, nem bem enterraram os restos mortais do marido — ou o que se pôde juntar deles —, arrumaram apressadamente suas coisas e se mudaram pra capital, onde moraram por poucos meses até morrerem num incêndio que nem foi investigado. Um botijão de gás explodir é coisa que sói acontecer.

雪

29. TÁ CHUVENO SORVETE?

— Ô-oxe! Tá chuveno sorvete?

A voz que ouvimos soar é a de Preto Bartô, que neste instante acaba de deixar o ginásio. Certamente, vai começar seu turno nalgum boteco que esteja aberto. Sim, leitores, ele já tomou algumas lá dentro, mas não está acometido por nenhum delírio. Em seu modo particular — e até poético — de observar as coisas, não deixa de ter razão. Pode-se dizer que esteja chovendo sorvete. Em outras palavras, estas finas gotas de garoa que estão caindo tímidas desde há poucos segundos — mais dançando que caindo, diga-se, como uma folha ou uma pena que flutuasse ao vento — são na verdade flocos de neve. E Preto Bartô é o primeiro a notar. Dá uma risada gostosa, aperta junto ao corpo seu surrado paletó branco, emenda uma baforada no velho cachimbo antes que se apague e continua o percurso rumo ao bar mais próximo. Caminha pelo meio da praça, para, dá uma olhada pra estátua de São Nunca que aí está, persigna-se, repara por alguns segundos no coração que o santo tem na mão estendida, como que o oferecendo aos passantes, pisca-lhe em cumplicidade e segue em frente, assoviando outra das tantas desconhecidas melodias de seu repertório.

O relógio da paróquia marca 15h.

E hoje, como tem sido um dia de acontecimentos inéditos, nem chega a ser surpresa pra mim que de um minuto pra outro esteja nevando, embora tal desatino meteorológico jamais tenha acontecido na ilha. Em compensação, o vento uivante cessou. Agora, algumas pessoas invadem as ruas. Crianças pulam e brincam animadas, indiferentes ao inclemente frio que ora impera. Uns gritam, outros choram, há mesmo uns que põem a língua pra fora e experimentam sorver os flocos — quem sabe pra provar se se trata realmente de sorvete que esteja caindo dos céus em lugar de maná.

Eu, de minha parte, mato as saudades. Foi bom ter saído daquele casebre cheio de ácaro e pó e me deparar com essa cena. Já há uma fina camada branca cobrindo o chão, e, com as mãos nuas, as crianças fazem bolinhas e as jogam umas nas outras. Até a encardida estátua do santo já está completamente branca.

Uma voz estridente corta o ar:

— Eu num disse? Eu num disse? É o fim dos tempos, irmãos e irmãs! O diabo tá solto na ilha!

Foi Rosa, vocês já perceberam.

Deixemos os são-nicanorenhos se divertindo e se manifestando e continuemos nossa jornada. Quero apresentar a vocês uma das figuras mais interessantes da ilha.

30. VOCÊ CARREGA A PAZ DENTRO DE SI

Lá está ele, Takezo *san*. Está treinando mais uma vez com sua vara de bambu, que ele usa como se fosse uma espada. Sabia que ele ia ficar satisfeito — como eu — em voltar a ver neve. E notem como ele não sente frio. Está apenas com seu hábito que usa no dia a dia. Takezo é já um patrimônio da ilha e mais uma amostra de como nossa cultura é rica. Desembarcou aqui há muitos anos com outros turistas japoneses e gostou tanto da ilha que foi embora com o grupo, mas meses depois voltou, daquela vez pra ficar. Trouxe apenas uma pequena maleta, comprou um terreno baldio e construiu com as próprias mãos essa pequena cabana onde hoje mora. Tem uma horta nos fundos de onde tira seu alimento e, quando está com sede, vai até uma cachoeira que fica a dois quilômetros daqui pegar água. Também adora pescar. Passa horas em silêncio segurando a vara de pescar praticamente imóvel. Nota-se que está rezando... ou meditando — o que dá no mesmo.

Curioso foi o motivo pelo qual ele chegou até aqui e vale a pena ser contado. Takezo nasceu em Otaru, uma das principais cidades de Hokkaido, a ilha mais ao norte do Japão — onde neva durante grande parte do ano. Desde pequeno, sempre gostou de artes marciais e livros de samurais. Ainda muito jovem, foi matriculado por seus pais numa academia e optou pelo *kendo* — em japonês, caminho da espada —, uma arte marcial moderna baseada em técnicas de esgrima japonesa em que os lutadores se utilizam de uma vara de bambu no lugar da espada e usam como proteção máscara e uma espécie de armadura.

Takezo se destacou nessa arte e em poucos anos já era um dos melhores lutadores daquela academia. Só que foi ficando vaidoso e arrogante. Como se achava invencível, passou a tratar todos a sua volta com rispidez e desprezo. Seus amigos de verdade se afastaram dele, que passou a contar apenas com a companhia de meia dúzia de puxa-sacos. Um dia, em casa, quando seu pai lhe chamou a atenção sobre algo, pôs-se a discutir violentamente com este, mas, não tendo argumentos verbais pra vencê-lo, ficou furioso e, utilizando-se de um bambu que levava pra todas as partes, e sem se preocupar com o fato de que seu progenitor estivesse desarmado, aplicou-lhe uma surra tão grande que o deixou prostrado no chão. A humilhação foi terrível, seu pai deixou de lhe dirigir a palavra e sua mãe, envergonhada do filho, chorava pelos cantos. Até que um dia ela teve coragem e foi à academia relatar o fato ao mestre do rapaz, Yoshikawa *sensei*, que, como já viesse notando nele certa indisciplina, acalmou-a e disse que ia dar um jeito no assunto.

Foi assim que o monge Takuan entrou na vida de Takezo. Takuan fora amigo de Yoshikawa, ambos haviam treinado juntos, só que este continuou se especializando nas artes marciais, já aquele, aborrecido, abandonou tudo e resolveu se dedicar à vida religiosa. Yoshikawa recorreu a ele pra dar uma lição no jovem impertinente.

Deu-se assim: certa tarde, estando todos os alunos presentes na academia, Yoshikawa lhes apresentou o amigo e pediu que os alunos travassem algumas disputas demonstrativas. Como de costume, Takezo deu um baile, ratificando seu talento superior. Contudo, não perdia a oportunidade de humilhar os companheiros com golpes desnecessários.

O monge Takuan, que até então assistia a tudo em silêncio, levantou-se, dirigiu-se a Takezo e disse:

— O rapaz me daria a alegria de uma luta?

Foi impossível conter o riso geral. Explico: Takezo, ao contrário da maioria dos outros jovens, era um galalau atlético de mais de metro e 80, já o monge não parecia ter muito mais que metro e meio, além de ser de compleição franzina. Takezo lhe respondeu:

— Takuan *san*, não quero parecer desrespeitoso, mas não tenho a intenção de machucá-lo. Se quiser, eu o aconselharia a tentar com alguns dos alunos mais novos.

Novo riso, agora silenciado por um grito de Yoshikawa *sensei*. O monge, com toda a tranquilidade do mundo, lançou o seguinte desafio:

— Meu caro rapaz, há muitas coisas que você não sabe e eu gostaria que me desse a oportunidade de lhe mostrar. Façamos o seguinte: se eu o vencer, peço que você se comprometa a ser meu discípulo, e eu lhe ensinarei tais coisas até quando achar necessário. Se eu perder, me comprometo a trabalhar aqui durante um mês praticando serviços de limpeza. Aceita?

Houve pela primeira vez um silêncio geral. Takezo, embora sem perder ainda a confiança, ficou um tanto ressabiado pelo disparate que ouvira. Seria esse monge um doido varrido? Mas, nesse caso, Yoshikawa *sensei* não o teria apresentado com tanta reverência. Agora era tarde; só havia um modo de saber. Mesmo porque, se se recusasse, seria visto pelos demais como um covarde. Aceitou, pois.

O que se viu nos minutos seguintes foi algo tão difícil de crer quanto de contar. O monge, evitando os golpes de Takezo com uma inesperada agilidade, apenas se defendia sem contra-atacar, e sempre com um sorriso no rosto que pareceu zombeteiro ao rapaz, que não esperava tal atitude de um religioso. Não preciso dizer que isso o foi enfurecendo cada vez mais, o que o levou a errar um golpe atrás do outro. Chegou mesmo a escorregar em determinado momento, mas o monge, em vez de se aproveitar da situação, esperou-o se refazer. Quando o rapaz já estava esbaforido, Takuan passou a atacá-lo com uma violência que assustou todos os presentes, e a desmoralizante vitória ocorreu com a velocidade de um raio, numa estocada que atingiu o rapaz bem na garganta. Tivesse sido com uma espada de verdade, ele fatalmente não estaria agora fazendo parte desta narrativa.

A reação seguinte de Takezo foi ainda pior. Em vez de cumprimentar o oponente vitorioso, jogou sua máscara no chão e fugiu da cena. Ouviu então um grito poderoso de seu mestre que o fez congelar por um instante e em seguida dar meia-volta. Foi a vez de o monge falar:

— Pensei que tivéssemos um acordo, garoto Takezo. Temos ou não?

Silêncio.

Yoshikawa *sensei* lançou sobre o aluno um olhar duro que o fez por fim balbuciar:

— Si-sim.

— Ótimo. A partir de amanhã, você virá todos os dias, durante um mês, fazer a limpeza da academia, que teria cabido a mim caso eu tivesse sido o derrotado. Ah, mais uma coisa: durante esse período, não poderá treinar.

Takezo ia esboçar um gesto de contrariedade, mas seu mestre, já prevendo, antecipou-se e, aproximando-se dele, impôs-lhe que ficasse quieto. O monge continuou:

— Ao término do trigésimo dia, procure-me, e iniciaremos a segunda fase de seu aprendizado.

E, virando-se pra Yoshikawa *sensei*, finalizou:

— Grande amigo, sou-lhe grato por tudo o que vi hoje e pela possibilidade de aprendizado que me proporcionou. Agora, temo que precise me retirar. Adeus e obrigado.

Todos se despediram do monge com uma saudação forte, menos Takezo, que, desolado, mirava o piso.

Durante o mês seguinte, Takezo se viu obrigado a desempenhar o papel mais humilhante de toda a sua vida. Tentou se rebelar uma vez, mas seu mestre o ameaçou de expulsão, e ele, temeroso, acatou as ordens. Um colega seu, quando, talvez tomado por algum sentimento de vingança, procurou humilhá-lo, foi recriminado pelo mestre, que o obrigou a ajudar Takezo em suas funções. Isso foi suficiente pra que os demais desistissem de qualquer tentativa de, como dizem hoje, *bullying*.

Passado esse mês, que durou uma eternidade, Takezo se apresentou no mosteiro onde vivia o monge Takuan, e ali passou a desempenhar nova série de trabalhos braçais, até que, findo esse novo período, foi obrigado a aprender a meditar e, nas poucas horas vagas, ler uma série de enfadonhos — a princípio — livros. Dois anos depois, o antigo Takezo não mais existia.

Continuou as duas atividades, a religiosa e a marcial. E no mosteiro descobriu novo e prazeroso passatempo: o futebol, que havia chegado ao País do Sol Nascente com força total.

Muitos anos depois, Takuan disse a Takezo que a partir daquele dia o rapaz — já então homem feito — estava livre da dívida que contraíra com o outro e podia ir. Takezo, perplexo, perguntou ao monge:

— Por que eu não posso ficar?

Ao que o outro lhe respondeu:

— Algumas pessoas precisam se afastar da sociedade pra encontrar a paz. Não é seu caso. Você carrega a paz dentro de si; portanto, o melhor a fazer é ir a lugares distantes procurando quem dela precise. Além disso, você aprendeu o verdadeiro valor da luta e pode espalhar também ensinamentos nessa área.

Naquela mesma tarde, os dois se despediram e nunca mais voltaram a se ver.

Passados mais alguns anos, Takezo veio ao Rio de Janeiro com um grupo de lutadores disputar um campeonato de *kendo*. Nessa ocasião, aproveitou pra assistir a algumas partidas de futebol e também, incentivado pela agência de turismo, visitou com seus companheiros vários pontos turísticos do Brasil, entre eles nossa ilha. Aqui, lembrou-se das palavras do monge Takuan: "Você carrega a paz dentro de si, portanto o melhor a fazer é ir a lugares distantes procurando quem dela precise."

O resto vocês já sabem. Hoje, Takezo *sensei*, apesar de não ter se convertido em monge, espalha seus conhecimentos gratuitamente pela ilha, tanto os religiosos quanto os de *kendo*, sempre ao ar livre, no quintal da frente de sua casa. Com sua serenidade mesclada a uma força hercúlea, cativou uma legião de jovens são-nicanorenhos e os salvou das drogas, da vadiagem e da contravenção, tornando-os cidadãos melhores e conscientes de seus direitos e deveres. Como seu português não é dos melhores, fala sempre pausadamente, misturando palavras em português com outras de seu idioma, o que tem feito até muitos jovens se interessarem por aprender japonês com o próprio forasteiro.

Ah, pra encerrar este capítulo, é interessante frisar que entre muitas cabeças pensantes ser adepto desta ou daquela religião não passa de mero detalhe, e o ecumenismo é comungado com gosto. É o caso de Takezo *sensei* e de padre Diego, que costumam se encontrar e filosofar durante horas, o nipônico sorvendo chá e o portenho bebericando um ou dois cálices de vinho. E ambos em seu português pra lá de peculiar.

31. *DE MÍ JAMÁS TENDRÁS VERGÜENZA*

Aproveitando que citei padre Diego, falemos um pouco de como também ele veio parar em nossa ilha.

O jovem Diego nasceu numa família de muitos filhos, sendo o mais novo de um total de cinco irmãos. Cresceu num bairro da periferia de Buenos Aires. Seu pai era caminhoneiro e sua mãe costureira. Ambos, muito católicos, educaram os filhos dentro da fé cristã. Quando Diego ainda era um bebê de colo, seu pai foi vítima de um acidente na estrada do qual não saiu com vida. Restou uma viúva com cinco filhos pra criar. Foi então que as coisas começaram a sair dos eixos. O irmão mais velho de Diego se envolveu numa briga de bar e matou seu oponente a golpes de garrafa. Preso em flagrante, foi condenado e futuramente morto por um desafeto numa prisão onde cumpria pena no interior da Argentina. Sua irmã mais velha quando tinha apenas 14 anos engravidou de um rapaz que sumiu no mundo. Por causa de complicações no parto, perdeu a criança e poucos anos depois entrou pro ramo da prostituição, profissão que findou por lhe abreviar a vida, pois no exercício do ofício contraiu a síndrome da imunodeficiência adquirida. Outro irmão de Diego envolveu-se no mundo das drogas e morreu de overdose, deixando bastantes dívidas pra família. Sua outra irmã, um ano mais velha que ele, como nascera com sérios problemas de saúde veio a falecer antes de completar 5 anos de idade.

De repente, daquela grande família sobraram apenas Diego e sua mãe, que, em sua opinião, era uma espécie de versão feminina de Jó, pois, mesmo tendo sofrido tantas tragédias e privações, jamais perdeu a fé. Diego, muito apegado à mãe, nunca se desgrudou de seu lado e lhe prometeu em seu leito de morte que seguiria a vocação religiosa. Prometeu-lhe ele:

— *Madre, de mí jamás tendrás vergüenza. Te lo juro.*

Poucos anos depois, já ordenado padre, experimentou uma vida nômade que começou no interior da Argentina, teve uma breve passagem por Montevidéu e São Paulo e acabou em nossa ilha, onde vive até hoje. Em São Paulo, estudou português com afinco, por isso, tirante seu sotaque portenho, possui um linguajar que não é corrente por aqui. Não se tem conhecimento de que alguma vez tenha gozado de uma experiência amorosa, mas, como sabem, o povo gosta de falar...

32. TEM UM HOME PELADO NO MEIO DA RUA!

— SOCORRO!

— Mãe, tem um home pelado no meio da rua!

A segunda voz é a de uma criança vizinha de Takezo dirigindo-se a sua mãe. A primeira é a de um homem esquelético e barbudo que caminha sem rumo pela rua, roxo de frio. E, sim, ele está nu. Suas mãos escondem a genitália.

Takezo acusa a aparição do homem e vai em sua direção. Agarra-o por um braço e o leva pra dentro de sua casa.

Nesse mesmo instante, Tudo-Joia passa correndo novamente. Ao me ver, pisca um olho e, como de costume, faz sinal de positivo com os polegares. Usa um tênis surrado, uma camiseta regata e um calção. Não parece se dar conta da temperatura, que agora, aponta o termômetro da praça, está em dois graus negativos. Não, eu não posso vê-lo daqui, mas sei. Não me perguntem como, pois ia ser um tanto difícil de explicar. Entremos na humilde casa de Takezo.

Seu interior é idêntico ao de casas simples japonesas dessas que vemos em filmes antigos. A porta de madeira quadriculada é forrada por telas de papel. Takezo deixa sempre seus tamancos na entrada e caminha descalço por um chão de madeira. Nas paredes, há quadros com caracteres japoneses pintados a mão. Agora, ele está em seu dormitório, cujo chão é de tatame. O estranho balbucia palavras ininteligíveis enquanto o oriental o limpa com uma toalha molhada, que, de tempos em tempos, mergulha num balde com água quente. Serviço findo, seca-o com outra toalha e o veste com um de seus quimonos. Deita-o e em seguida o cobre com várias cobertas. Vai até a cozinha, prepara um chá, volta ao quarto e serve o homem, sustendo-o pelos ombros. Então, fala-lhe pela primeira vez:

— Descansa. Takezo bai buscar médico.

Volta até a entrada. Agora, tira de um móvel onde há vários calçados um tênis. Calça-o. Dá a volta na casa e pega uma bicicleta nos fundos. Já vai saindo, quando recorda que está nevando. Ri sozinho. Fazia anos que não se deparava com neve. Resolve ir a pé até um orelhão. Ele não tem telefone fixo tampouco celular. Encontra um. Insere o cartão. Disca. Já sabemos. Ele está ligando pro hospital. Fala algumas palavras, aguarda uns instantes, torna a falar, desliga e volta pra casa. Tranquilamente, espera sentado ao pé da porta de entrada tomando seu chá. Logo, chega um carro. Sai dele dr. Anísio, vestido com um casaco vermelho. Cumprimentam-se. O médico vai entrando inadvertidamente, quando Takezo, com um olhar sorridente, fá-lo entender que deve tirar os sapatos. O médico se desculpa, desamarra o cadarço de seus sapatos, tira-os e entra.

Estamos já no único dormitório da casa, onde dorme profundamente o estranho.

— Meu Deus, é Joaquim!

O rosto de Takezo não demonstra nenhuma expressão de surpresa. É como se ele já soubesse ou, mais que isso, como se obter essa informação não fosse relevante pra ele. O médico deixa escapar, mais pra si mesmo:

— E essa barba?

Em seguida, dirige-se ao policial e, agitando seus ombros, acorda-o dizendo:

— Joaquim! Joaquim! Acorde, homem de Deus! Onde era que tu tava? E cadê os outros?

O coração do médico bate aceleradamente, por sua mente passa um turbilhão de pensamentos, e por instantes ele se esquece do real motivo que o trouxe aqui. Takezo põe sua pesada mão sobre o ombro do médico e o traz de volta.

— Sim, sim, tu tá certo.

Dr. Anísio examina Joaquim demoradamente. Aparentemente, está tudo bem com o policial, se excetuarmos o fato de que está magro como se tivesse passado vários dias sem comer e... e essa barba! Ainda ontem, ele foi visto pelas ruas da ilha de barba feita e desfilando seu porte, se não atlético, ao menos de um homem de boa compleição física...

O médico pendura um soro amarrado de forma adaptada sobre um cabo de vassoura e o aplica direto numa veia de Joaquim. Nesse momento, o plantonista noturno agarra o médico pelo braço livre e, com uma força que destoa de seu aspecto, sussurra-lhe:

— Quem é tu? Onde é que eu tô?

— Joaquim, tu num tá me conheceno? Sou o dr. Anísio.

— Num te conheço não. Tu é dotô? Então, me diz, dotô, quê que tá aconteceno comigo? Minha cabeça dói tanto que parece que vai explodir. E eu num sei quem eu sou. Quem sou eu, dotô?

O médico e o oriental trocam um olhar tácito, em seguida aquele toma a palavra novamente:

— Joaquim, tu deve de ter passado por um choque. Tava andano na rua sem roupa. E nesse frio! Olhe, durma, amanhã eu volto e talvez tu já consiga se lembrar de alguma coisa.

E, virando-se pra Takezo:

— Desculpe, tu pode deixar ele passar a noite aqui? Sei que a casa é pequena. Eu podia chamar uma ambulância, mas ele tá tão fraco. E com essa neve doida tá difícil de dirigir. Quase que eu num chegava...

Mais uma vez a pesada mão do oriental cai sobre o ombro do médico. Ele não é de falar em vão. Ainda mais numa língua que não domina completamente. Quer dizer, Takezo é estudioso. Quando chegou à ilha, enfurnou-se em nossa biblioteca municipal e devorou vários livros em português. Já tinha um rudimentar conhecimento de nosso idioma, mas posso dizer que o que aprendeu de modo mais profundo foram os livros que lhe ensinaram. E ainda hoje costuma ir ali com regularidade. Sua casa é pequena, e ele trouxe poucos livros de sua terra natal. Eu, que o conheço bem, sei que ele tem mais facilidade em entender o que lê do que o que escuta. Aliás, a história que contei acima a ouvi de sua boca, numa dessas tantas conversas que ele teve com padre Diego. Não posso dizer que seja uma inconfidência eu relatar a vocês o ocorrido. Minha missão de narrador me permite desrespeitar certas discrições vez por outra. Além do mais, ele, que não sabe que eu a ouvi, jamais me pediu que guardasse segredo.

Voltando, dizia que a pesada mão do oriental cai sobre o ombro do médico. Ambos se entendem. Dr. Anísio, também sem palavras, agradece. E se dirige à saída, onde uma multidão o aguarda.

33. ENCONTREI UM MORIBUNDO QUE NUM SABE NEM O PRÓPRIO NOME

— Dotô Anísio, o sinhô podia dar umas palavrinhas ao Diário de São Nunca? Soubemos que o policial Joaquim foi encontrado andano pela rua que nem veio ao mundo. O sinhô confirma isso? Atchim! Me desculpe, mas esse frio...

Acabamos de ouvir a pergunta de Venâncio, repórter do supracitado diário, o único de nossa ilha, acrescentemos. Detalhe: o jornal se chama realmente Diário de São Nunca, e não Diário de São Nicanor, como era de se esperar. O apelido engoliu o nome do santo por essas bandas e meio que se oficializou em alguns órgãos, como esse de imprensa.

Agora, é o médico quem fala:

— Venâncio [todos se conhecem pelo nome, lembram?], sim, é Joaquim quem tá dormino ali dentro. Ele foi encontrado pelo mestre Takezo andano pela rua, pelado e sem dizer coisa com coisa. Tá pálido e subnutrido como se tivesse passado um mês sem comer. Também tem uma barba que lembra a de Robinson Crusoé, ou, pra ser mais atual, daquele personage do filme do Tom Hanks. Mas o mais estranho é que num consegue dizer quem é nem onde tava. E também num sabe sobre os outros desaparecidos. Sei que todos vocês têm muitas perguntas — eu também tenho —, e muita gente aqui deve de ter algum parente desaparecido, mas o milhó agora é deixar o pobre descansar, porque se seu estado piorar aí é que ninguém vai conseguir tirar nada dele mesmo. Vamo esperar. Quem sabe amanhã ele melhora e consegue se lembrar de alguma coisa...

— Dotô Anísio, o sinhô vá nos desculpar, eu entendo sua preocupação de médico, mas tem caroço nesse angu. A-atchim! Como é que o cabra, que até ontem zanzava pra cima e pra baixo forte que nem um touro e de barba feita, aparece do nada nesse estado?

— Venâncio, eu sou formado em medicina. O que tu tá me perguntano eu num posso responder. O que sai do campo da ciência foge de meus conhecimentos. Mas eu num tenho autoridade pra impedir que ninguém entre ali e veja com seus próprios olhos, o que posso fazer é só pedir a gentileza de esperarem até amanhã. Do jeito que ele tá, se for confrontado, temo pelo pió.

— Dotô Anísio, eu entendo perfeitamente, mas o povo da ilha merece explicações. Ainda mais os familiares dos desaparecidos. O sinhô tem sua responsabilidade, que é tratar do doente; mas eu tenho as minhas, que é informar a população.

— Venâncio, ali dentro eu encontrei um moribundo que num sabe nem o próprio nome. Se tu quiser ser urubu em nome de sua responsabilidade, fique à vontade. Aqui tá o dono da casa. Fale com ele. Pra usar um termo bíblico, eu lavo minhas mãos. Só digo mais uma coisa: quando tu entrar, tire os sapatos. E, se alguma coisa de ruim acontecer e Joaquim piorar, a culpa num vai ser de minha responsabilidade, vai ser da sua. Agora, se me dão licença, tenho outros pacientes precisano de mim no hospital. Até logo.

O médico entra em seu veículo e, guiando com cuidado sobre o chão enlameado de barro misturado com neve, vai embora. Venâncio, olhando pra Takezo — que o encara sem inimizade, mas com firmeza —, dá de ombros e diz à população:

— Meu povo, vamo deixar o doente descansar. Eu vou ficar aqui, qualquer novidade, a notícia será dada.

Acostumada a obedecer a vozes de comando, a população grunhe algumas palavras, mas aos poucos a pequena multidão já está dissipada. Até porque faz um frio danado e não convém que fiquem todos ao relento perigando pegar um resfriado. O próprio Venâncio se afasta em passos lentos e, como quem não quer nada, dirige-se ao bar mais próximo. Uma Siciliana vai bem contra a gripe que o ameaça visitar. Aproveitemos a calma momentânea e falemos um pouco sobre Joaquim.

34. POR BEM OU POR MAL, TU VAIS TERMINAR O SERVIÇO

A história de Joaquim não foi das mais interessantes até sua adolescência e provavelmente continuaria não o sendo não fosse um acontecimento que mudou sua vida pra sempre. Tinha ele 13 ou talvez 14 anos quando sua mãe lhe pediu que fosse chamar seu pai no bar onde batia ponto diariamente, pois o jantar seria servido em minutos. E lá foi o rapaz. Nem bem entrava, reparou que havia forasteiros no recinto. Três jovens com sotaque de sulistas bebiam animadamente. Joaquim não pôde deixar de notar a cor extremamente branca dos três e os cabelos de um loiro que ele jamais vira. Pareciam mais estátuas de cera que gente de carne e osso. Caipira, o rapaz quase esquecera o que fora fazer, encarando os três de um modo até um tanto chucro. Um deles, ao notar a expressão imbecilizada do garoto, virou-se pra ele e disse, num tom desnecessariamente mais alto que o necessário:

— Tchê, guri, tu gostaste de qual de nós três?

Joaquim desviou pela primeira vez o olhar e, passando a vista pelo local, tentou procurar o pai. Achou-o jogando dominó animadamente numa mesa de canto e já se dirigia a ele sem dar maior atenção ao rapaz que o interpelara quando este se interpôs entre o garoto e a mesa do pai e disse:

— Tu és surdo ou só mal-educado, guri?

Ele teve ainda força de, em voz sumida, responder:

— Desculpe, moço, vim só buscar meu pai. Mãe tá chamano pra janta.

— Ouviram isso? Os homens daqui são dominados pelas mulheres. Por isso que os filhos ficam que nem esse aqui, afeminados.

— Eu num sou isso aí que o sinhô falou, não. Vim só buscar meu pai.

Nisso, seu pai já percebera um princípio de confusão e se levantara. O rapaz loiro segurou Joaquim pelos ombros e, com um sorriso sarcástico, continuou:

— Guri, tu queres me dar uma mamada?

Pegou a mão do menino e levou-a até seu membro. Joaquim, entre o medo e a raiva, tirou sua mão com certa violência ao mesmo tempo que seu pai, tocando o ombro do rapaz loiro, disse:

— Tô achano que o baitola aqui é tu, galego. Por que num te mete com um home em vez de aperrear meu menino?

— Bah, tchê! Temos um machão aqui! Eu fodo ele e fodo tu!

O murro foi certeiro. O rapaz caiu no chão com o nariz sangrando, e o pai de Joaquim já ia pra cima dele terminar o serviço quando outro dos jovens, que até então acompanhava tudo com um sorriso no rosto, aproximou-se do homem e, apontando-lhe uma arma, disse:

— Nós não gostamos de valentões não, viu? Ainda mais valentões matutos. Levanta, Luca, termina teu serviço, tchê. Esse aqui tá na mira.

O pai de Joaquim bufava, mas, com o cano do revólver apontado pra suas têmporas, permaneceu imóvel. O que fora chamado de Luca se levantou, um tanto vexado, mas mantendo um risinho de canto de boca enquanto com a mão limpava-lhe o sangue. Já de pé, e depois de gingar como se estivesse num ringue, acertou em cheio o rosto de seu Crispim — pois era este o nome do pai de Joaquim —, que, embora sentisse o baque, permaneceu de pé.

— Que nem homem, Luca! Que vergonha!

Luca, vermelho e suado, após olhar o punho que latejava tentou nova técnica e chutou os bagos de seu Crispim, que, agora sim, desabou. Joaquim, furioso, partiu pra cima de Luca, mas, antes de que pudesse fazer algo, levou na testa uma coronhada do que estava armado. Caiu de joelhos chorando. Luca segurou seu rosto com as duas mãos e disse:

— A guria é difícil, é? Mas agora, por bem ou por mal, tu vais terminar o serviço.

Abaixou o zíper, mas nesse exato momento Joaquim se levantou e correu como um relâmpago pra fora. As demais pessoas que estavam no bar, vendo a arma, não esboçaram reação e preferiram se manter à margem dos acontecimentos e fazer de conta que nada estava acontecendo. O próprio dono do bar achou por bem manter-se agachado do lado de dentro do balcão. Lá fora, Joaquim, escondido atrás de uma árvore, ouvia os berros e as gargalhadas, mas não conseguia mais mover nem um pé. Notara que tinha também molhado o calção.

Minutos depois, viu os três homens saindo arrastando um quarto. Era seu pai, que foi atirado ao chão como um vagabundo qualquer. Um deles, que o garoto, a distância, não pôde reconhecer, gritou:

— Ô, florzinha, vem buscar teu pai, vem! Tu escapaste, então nós tivemos que nos contentar com ele!

Joaquim correu até onde seu pai jazia. O sujeito era forte; apesar da surra que levara e de vai saber mais o quê, ainda conseguiu se levantar, ajudado pelo filho, que chorava como um bebê. Seu Crispim conseguiu, quase sem voz, ordenar:

— Engula esse choro, moleque. E escute, tu num vai dizer nada pra sua mãe do que aconteceu lá dentro, ouvisse? Esse assunto morre aqui.

Joaquim fez que sim com a cabeça, mas se houve uma coisa que jamais conseguiu fazer foi deixar aquele assunto morrer ali.

A custo, chegaram em casa, ambos estropiados. A mãe de Joaquim, ao vê-los, soltou um grito:

— Ai, minha Nossa Senhora, meu São Nunca, o que aconteceu com vocês?

— Nada, mulé! Eu bibi demais e caí.

— Como assim caiu? E Quinzim, o quê que foi isso na testa dele?

— Ele tentou me trazer e caiu também.

— Mas eu num acredito nisso. O que é...?

Seu Crispim ergueu o olhar e, encarando firme a mulher, sentenciou:

— Tu num tem nada que acreditar ou num acreditar; foi isso que aconteceu e acabou-se. E eu num quero ouvir mais nem um pio sobre esse assunto nessa casa. Tá entendido? Agora, bote o meu de-comer, bote! E vá cuidar da testa do menino.

E nenhum dos dois tocou mais no assunto. Quando a mãe de Joaquim tentava arrancar dele o que havia acontecido, o menino se punha vermelho e não abria o bico. Talvez depois dessa noite tenha brotado nele o desejo de ser policial. E também outro desejo.

35. QUE DIACHO DE HOME É ESSE NO ESPEI?

Ah, querem saber o que aconteceu com os três "galegos"? Nada. Como ninguém deu queixa, eles passaram vários dias aprontando pela ilha, gastaram muita grana, sobretudo no Les Quengas, e sumiram numa barca pra nunca mais voltar. Não deixaram saudades, só sequelas.

Como a do primeiro contato que Joaquim teve com uma arma de fogo, aquela coronhada que recebeu na testa, que lhe rendeu dois pontos e uma pequena cicatriz. Marcas essas que mudaram os projetos de vida do garoto — se é que ele já tinha algum —, que até então sempre fora doce, tímido, calado, pacífico, mas depois daquele dia passou a ter uma ideia fixa: um dia, ainda iria ter uma arma. E tanto desejou que acabou se tornando policial. Foi quando teve outra ideia. Aos poucos, conversando ora com um ora com outro, foi fazendo a cabeça de vários são-nicanorenhos sobre a importância de se ter uma arma de fogo em casa. E foi assim que, utilizando-se de sua condição de policial e de seus contatos na capital, findou por se tornar um, digamos, facilitador da entrada de armas na ilha. Como já disse mais de uma vez, o povo daqui é pacífico, mas é também crédulo. Por isso, hoje, se fizermos uma varredura em todas as residências da ilha, provavelmente iremos encontrar algum tipo de arma em ao menos um terço delas. Uma dessas, lembremos, foi a que Severino usou pra matar o irmão. Outra foi a que vimos na mão de um dos filhos de dona Dasdô.

— Que diacho de home é esse no espei?

Contava eu essa história aqui na casa do japonês. Não precisei tirar os sapatos, pois ando descalço. E, falando no capeta, as palavras acima acabam de sair da boca de Joaquim, que, depois de arrancar a agulha que lhe introduzia soro nas veias, veio até o banheiro fazer suas necessidades fisiológicas e se deparou com o estranho rosto no espelho. Agora, abriu o berreiro e verte grossas lágrimas como talvez não o fizesse desde o fatídico dia da coronhada. O dono da casa vem a seu encontro e o tranquiliza. Ele sabe o que faz. Deixemo-los.

36. AQUI SÓ TEM DOIDO!

Não é que eu já saiba o que vai acontecer e esteja sempre no lugar certo e na hora certa; é que, digamos, tenho um sexto sentido que é, além do mais, primordial em minha função de narrador. É somente por isso que já estou aqui a poucos metros da Pousada Sol de São Nunca e sou o primeiro a notar o surgimento do segundo pelado, que lá vem. Este não grita, apenas arrasta os pés descalços pelo chão empoçado pela neve fina. E quem o encontra é justamente a família de turistas ilhados que volta do ginásio onde fora passar o tempo, acatando a sugestão de Genuína e do marido. Sei, de fonte segura, que o show do trio de forró acabou há pouco. É João Pedro — ou talvez João Paulo — quem grita:

— Olha, mãe, um homem pelado!

— Cruzes! Vamos, crianças, vamos entrar logo, que isso aqui eu não sei se tá mais pra hospício ou pra jardim zoológico. Vamos. Depressa!

O homem, vendo a mulher e os dois filhos, apressa o passo e se interpõe em seu caminho, agarrando-a pelo braço. O berro que a mulher solta imagino que deve ter sido ouvido até na capital. Genuína e Juvenal saem pra ver o que está acontecendo e se deparam com a cômica cena. É Juvenal quem diz:

— Oxe, mas se não é Perpétuo?

E, correndo até eles:

— Calma, dra. Norma. Esse é o filho do prefeito.

— O filho do prefeito? Eu não disse, meninos? Aqui só tem doido!

Juvenal agarra Perpétuo pelos braços e lhe pergunta:

— Perpétuo, home de Deus, o que aconteceu?

O filho do prefeito fita-o com olhar opaco, como se fosse um extraterrestre que acabasse de cair de paraquedas na Terra. Tem um semblante um tanto abestalhado.

— Traga ele pra dentro, Juvenal. Aqui fora, nesse frio, num é lugar pra ficar de conversa. Venha, home!

— Mas isso é inadmissível! Vocês vão botar pra dentro esse tipo? Isso é um atentado ao pudor! Não olhem, crianças!

Os dois, divertindo-se com a cena, não tiram os olhos de Perpétuo.

— Tá tudo bem, dra. Norma. A senhora é psiquiatra, num é? Num tá veno que ele deve de ter passado por algum choque?

— Psiquiatra não! Psicanalista.

— Pois que seja. Tá tudo bem. Bora entrar todo mundo.

Antes que a psicanalista possa esboçar alguma reação, os dois moleques já correm pra dentro acompanhando o pitoresco cortejo. Voto vencido, entra.

Perpétuo já está sentado no sofá da recepção, envolto num cobertor e tomando um chá quente. Juvenal, agachado a sua frente, tenta conversar com ele, mas não obtém nenhuma resposta. Os olhos do deputado federal não esboçam nada mais que perplexidade. Genuína já está ligando pra Tonica. Os dois gêmeos, sentados no tapete, assistem à cena como se se tratasse de um divertido programa de televisão. Dra. Norma acende um cigarro. Genuína tapa o fone e se dirige à mulher:

— Doutora, aqui dentro não, por obséquio.

Ouvimos um sussurro:

— Isso é inadmissível!

A porta bate com força e temos agora uma psicanalista a menos na sala. Seu desinteresse pelo reaparecido é patente. Não é paciente seu.

Não há nada mais que seja digno de nota até que adentram a recepção esposa e sogra — da esposa, não do nobre deputado —, esbaforidas, apesar do frio. Tonica abraça o marido e o beija, mas ele a olha com o mesmo olhar perdido que vem mantendo desde que reapareceu.

— O que aconteceu com tu, meu fi? E cadê teu pai, hem?

Perpétuo olha pra mãe. Parece que vai dizer algo. Chega a mover os lábios, mas nenhum som sai de sua boca.

— Desembucha, criatura!

A voz que ouvimos foi a da esposa. Uma solitária lágrima escorre pela face de Perpétuo, que olha ao redor como que pedindo socorro pra alguém que não se encontra presente. Agora, é Juvenal quem diz:

— Tô achano que ele tá com algum problema na fala. Peraí.

Vai até a mesa da recepção, pega um bloco de papel com o timbre da pousada e uma caneta e os entrega a Perpétuo.

— Se tu num tiver podeno falar, escreva.

Perpétuo demora o olhar fitando Juvenal, mas finalmente baixa a vista até o papel e a caneta e os recebe. Fica um longo período olhando pra folha em branco, chega mesmo a passar a ponta do indicador sobre o timbre da pousada. Uma gota cai sobre a folha. Então, toma coragem, respira fundo — uma respiração que ecoa por toda a sala — e escreve numa letra de mão trêmula e infantil:

— Quem sou eu?

Detalhe: ele é destro, mas escreveu com a mão esquerda.

37. MEU FILHO VAI TER O MESMO NOME DE MEU AVÔ!

O timbre da campainha toca, rompendo o silêncio. Quando Genuína abre, já entra sem ser convidado Venâncio, lançando um "boa-tarde" como se fosse uma senha. Ele parece ser quase tão bem informado quanto eu. Tem seu bloquinho de papel na mão e, ao ver o estado do filho do prefeito, já tira um lápis que descansava sobre a orelha, pronto pra escrever a resposta a sua pergunta:

— Perpétuo! O que aconteceu com tu, macho? A-atchim!

O resfriado não melhorou. Juvenal aponta pro bloco que descansa sobre as pernas de Perpétuo, e o repórter consegue ler.

— Mais um?

Desse mato não sai coelho. Deixemos os protagonistas desta cena queimando seus neurônios em busca da verdade e tratemos um pouco da história de Perpétuo — a de antes de seu sumiço, obviamente.

Dizem que há na hereditariedade aspectos atávicos, ou seja, características que não aparecem em uma ou mais gerações e de repente ressurgem numa nova. Provavelmente, isso foi o que aconteceu com Perpétuo. Seu pai sempre foi um sujeito de poucas ambições e só se tornou prefeito porque o cargo praticamente caiu em seu colo. É triste dizer, mas o prefeito de nossa ilha é um sujeito que, se tem a virtude de madrugar, só o faz porque igualmente gosta de dormir cedo, mas passa o dia inteiro na prefeitura às moscas. Ou melhor, matando moscas.

Sua maior — e talvez única — ambição era ver o filho único um dia vir a ocupar o cargo que ele ocupa hoje. Contudo, e voltando ao atavismo, Perpétuo, sim, sempre foi um sujeito ambicioso. Pra ele, a ilha não passava de um fim de mundo esquecido por Deus e pelo resto do país. E, se já pensava isso antes de estudar

História, depois de aprender na escola as agruras pelas quais passou São Nunca lá nos primórdios, quando por aqui esteve, e de como os portugueses já agiam aqui como se fosse terra de ninguém, aí foi que decidiu que tinha que escapar da ilha o mais rápido possível.

Bom de lábia, não demorou a convencer a mãe de que devia continuar seus estudos na capital, e esta intercedeu pelo filho em conversas muitas com Ubirajara, que, já adivinhando as intenções de Perpétuo, finalmente aceitou, mas com uma condição: o filho tinha que, como ele, enveredar pela política.

Trato feito, lá se foi Perpétuo. Cumpriu o acordo, só que tomou gosto pelos assuntos da capital e depois do resto do estado, o que o afastou de vez da ilha. Elegeu-se deputado estadual e agora já está no segundo mandato de deputado federal. Defende os interesses dos fazendeiros e do agronegócio e não pensa em voltar a morar por aqui nem que a vaca tussa.

Soube por boca de um e de outro a respeito do crime que seu avô havia cometido, mas, em vez de se horrorizar com isso, passou a admirar ainda mais a figura do outrora patriarca dos Silva. Claro, estamos no século 21, e há hoje outros meios de se atingir um objetivo, e Perpétuo sabe como poucos alcançar os seus. Seu próximo passo é conquistar o governo do estado. Pensa que assim poderá deixar o pai um pouco feliz, embora a distância.

Um objetivo mais difícil de ser alcançado é a paternidade. Quando se casou, disse à mulher, sem consultá-la:

— Meu filho vai ter o mesmo nome de meu avô!

Reparem que ele nem disse "nosso filho". O problema é que ele se esqueceu de, pra usar um pouco de eufemismo, combinar com a cegonha. Até agora, suas tentativas foram todas fracassadas, inclusive gastou uma dinheirama tentando engravidar a esposa por meio do método de inseminação artificial. As más línguas da ilha brincam que teria sido mais fácil e mais barato se ele tivesse simplesmente escolhido morar na ilha. Não lhes preciso explicar a piada, não é mesmo? Embora eu não veja graça nela.

O mais triste de tudo é que Tonica está já às vésperas da menopausa, então, se não acontecer um milagre depressa, a descendência dos Silva terminará em Perpétuo da mesma forma que a dos Santos terminou com a trágica morte do filho do coronel Ulisses.

38. QUEM É BELZEBU?

Já estou aqui fora. Ah, como eu adoro a neve! Vocês não acreditariam se eu dissesse quanto tempo passou desde a última vez que a senti em meu rosto; mas deixemos de divagações, que há muita coisa acontecendo por aqui.

Realmente, o show no ginásio acabou. Muita gente foi embora, e algumas dessas pessoas estão se divertindo com a neve. Os são-nicanorenhos parecem não dar muita importância ao frio. Tiraram do guarda-roupa sua blusa mais grossa, é verdade, algumas cheirando a mofo ou naftalina, mas o fato mais importante é que parece ter algo alucinógeno nesses flocos que caem suavemente. Todos estão diferentes. Até Rosa, esposa do pastor, que, nesse exato momento, sentada num banco da praça, chora. Não vou ser invasivo, deixemo-la com seu turbilhão de emoções. Que só vai piorar quando ela vir seu marido, que ali vem, nu como seus demais companheiros de "viagem". Ou seria "travessia"?

— É o pastor! Olhem lá!

Essa voz, não consegui distinguir. Saiu do meio da multidão. Deve ter sido, naturalmente, alguém que conhece o pastor Paolo e/ou é de sua congregação.

Rosa ouviu. Ergue a vista e olha ao redor. Vê-o. Corre a seu encontro. Tenho até a impressão de que ela é sensitiva e chorava por antecipação. Afinal, já sabemos que, se ele agir como os demais reaparecidos, não irá se lembrar de nada.

Acompanho a distância. Dou certa privacidade ao casal, se é que eles podem conseguir, sendo ele um pastor nu e ela uma fervorosa defensora da moral e dos bons costumes. De rabo de olho, percebo que a conversa não vai bem. Agora, ela grita. Estapeia-o. Ele não reage. Tira então seu próprio casaco e o cobre. Abraça-o. Tampouco agora ele reage. Contudo, ela consegue, de algum modo, convencê-lo a se afastar dali com ela. Devem estar indo pra casa. Um detalhe que chama a atenção é que ele está completamente careca. Uma criança se aproxima, faz bolas de neve e joga no casal. Rosa se vira, irritada, e mais ruge que diz:

— Arreda, filho de belzebu!

Paolo vira-se pra esposa e lhe pergunta:

— Quem é belzebu?

太陽

39. NÃO VEM?

Cometi um lapso. Aproveitei-me de minha invisibilidade e de minha imunidade ao frio e tirei um cochilo no banco da praça. Perdoem-me. Prometo que se algo de importante tiver acontecido nesse meio tempo eu relatarei. Pra mim, é fácil. Basta fazer como nas fitas antigas: rebobinar o tempo. Outro de meus superpoderes — que eu saiba, só eu e Superman podemos fazer isso. E, enquanto me dirigia a vocês, mentalmente já o fiz e comprovei que não perdemos nada.

Minto. Uma de minhas qualidades pode ser vista também como um defeito. Como sou insensível ao clima — e como estou um tanto zonzo por ter acabado de despertar —, não notei que o frio e a neve se foram. Aliás, pelos semblantes dos são-nicanorenhos noto que faz um calor dos diabos — com o perdão da palavra. Frontes reluzentes passam por mim a torto e a direito levando na mão os casacos que até agora há pouco vestiam. E mais um detalhe: está fazendo sol. Mas não me refiro a um sol qualquer, afinal hoje não é um dia qualquer. Se fosse, e a título de informação, o sol já teria desaparecido. Ontem, por exemplo, ele se pôs exatamente às 17h05. Este que ora flutua num azulado céu de verão mais parece um sol de meio-dia, pois paira bem acima de nosso cocuruto, como se estivéssemos em plena hora do almoço e não na hora da ave-maria — da qual me inteiro recebendo tímpanos adentro o badalar do sino da igreja. São exatamente 18h na Ilha de São Nunca.

Neste exato instante, Tudo-Joia passa por mim e me dá uma pancadinha no joelho esquerdo. Ele nunca havia feito isso antes. Devo segui-lo? É uma pergunta retórica, leitores. Mesmo que eu não quisesse, minha função me obrigaria a dar atenção a quaisquer fatos anômalos. O que, aliás, em minha defesa alego estar fazendo até agora — tirante esse cochilo que me fez perder apenas o momento em que parou de nevar e a temperatura subiu até os 30 graus que ora o termômetro marca. Páginas não suam, então está tudo sob controle.

Deixei Tudo-Joia tomar a dianteira porque ele corre, já eu me teletransporto, o que quer dizer que não poderíamos jamais competir na mesma categoria. Seria como o caso daquela velha fábula que conta a respeito da corrida entre a lebre e a tartaruga — antes que seja interpretado de forma equivocada, adianto que aqui Tudo-Joia seria a lebre.

Mas o que avisto? Pra onde ele me leva? Não é que ele está correndo em direção à Fortaleza do Sol?

Estaco. Perdoem, leitores; perdoe, autor; mas ali eu não entro. E não o faço por causa dos boatos, que eu não sou de dar trela a esse tipo de disse me disse. Bom, comecei, agora serei obrigado a continuar. Falei rapidamente sobre essa fortaleza no capítulo 31, quando contei a respeito de São Nunca, recordam-se disso? O que não contei é que hoje ela é naturalmente um patrimônio nosso e, como tal, de segunda a sábado está aberta a visitas — monitoradas. O horário de encerramento é às 17h, não por acaso um pouco antes do pôr do sol. E por quê? Porque dizem que o local é mal-assombrado. Toda cidade tem suas histórias de fantasmas e nós também temos a nossa. Em nosso caso, foram tantos assassinatos cometidos ali dentro que, se existirem mesmo fantasmas, não haverá em toda a ilha lugar mais propício pra que eles habitem que não este.

— Não vem?

Estarei enlouquecendo? Jurei ter ouvido Tudo-Joia me chamar, mas não é possível, visto que ele perdeu o dom da fala. Olho pra ele com tristeza no semblante. Desculpe, amigo. Não é por nada, não, mas aí eu não entro. Mesmo em noites com sol, como é o caso desta.

Caro autor, pode me despedir se assim o preferir, mas, se reparar bem no contrato que firmamos, havia uma cláusula única, e, como você maquinou o ardil de usar uma personagem sua pra me fazer entrar ali, vejo-me obrigado a lhe refrescar a memória: na Fortaleza do Sol eu não entro. Nem que tivesse muitos mais superpoderes que os que você me deu. Por falar neles, repare. Aqui estou eu. E agora?

Desapareci.

40. PELADO E DE CHAPÉU

Não, não é que eu faça apologia à desobediência, mas reflitamos um pouco sobre uma questão central: afinal, quem manda nesta história, o autor ou o narrador? Estivéssemos no século XIX, eu não teria dúvidas em dizer que quem manda é o autor. Só que de lá pra cá tantos avanços houve na literatura, que hoje nada mais faço que constatar que quem manda nas histórias em geral — sobretudo nesta em particular — é o narrador. Explico-me: vocês não sabem, e nem poderiam sabê-lo, mas, quando esta história começou, há pouco mais de 18 horas, o autor tinha em mente que eu lhes contasse uma sucessão de fatos que lá pelo capítulo 13 ou 14 degringolaram. De lá pra cá, a grande verdade é que a ilha se rebelou contra ele e se não fosse por mim, que praticamente sigo levando nas costas este relato, muito provavelmente o que poderia ter acontecido seria que os são-nicanorenhos em massa, num motim de dimensões nunca antes vistas em terra firme, teriam despedido o autor — e não ele a mim. Por isso, os acontecimentos deste dia ganharam vida própria, apesar de ele ter se aproveitado da única personagem que conhece meu calcanhar de aquiles pra retomar o comando deste metafórico navio. Pois fique sabendo, seu autor, que sua artimanha não deu certo. E só não mato Tudo-Joia de uma vez por todas por três motivos: 1) sou um pacifista; 2) gosto dele; e 3) não posso interferir nos acontecimentos. Estamos entendidos?

Desculpem esta lavação de roupa suja, caros leitores, mas há gente que não se enxerga.

— Vejam! É o delegado! Tá pelado e de chapéu!

Agora, se o autor me dá licença, tenho uma história a narrar.

41. ASSINADO: TU SABE QUEM

Sim, é o delegado, com seu bigodão mexicano e seu anacrônico chapéu de caubói. Agora, notando que foi visto, tira o chapéu e o usa pra esconder suas "partes". E com o ato revela uma novidade: sua cabeleira igualmente anacrônica — formada por negros cachos revoltos como os que fizeram a fama de jogadores argentinos na década de 1970 — está pintada de cor de rosa. Não preciso ser bidu pra notar que se trata de mais um amnésico. A história vai se repetir, e finalmente sua esposa chegará, far-lhe-á perguntas que ficarão sem respostas e, constrangida, levá-lo-á pra casa.

Em vez de observar o adivinhável, melhor contar um pouco de sua história também. Mas só a parte que interessa.

O delegado Aldamir está no cargo há uma eternidade. E aí já estava quando houve a explosão da barca, cuja investigação ficou a cargo de seus subordinados. Esse senhor que denota respeitabilidade por onde vai sempre foi na ilha uma espécie de PMDB, ou seja, sempre gostou de estar ao lado do poder, embora nunca tenha querido se candidatar a nenhum cargo. Dizia, brincando com os que lhe tinham proximidade, que mais vale um cargo de delegado na mão que um de vereador voando. Resumindo, nutria ambições pequenas, preferia as que estivessem ao alcance da mão. Ademais, vereador passados quatro anos tem que enfrentar novo processo eleitoral; se optasse depois disso por ser deputado estadual, teria que, em vencendo, sair da ilha, e isso ele não faria jamais; por fim, caso almejasse o cargo majoritário da ilha, iria comprar briga com as duas maiores famílias da região, e, se há uma coisa que nunca lhe apeteceu, essa coisa é comprar brigas. Apesar de ser um brigão por natureza, sempre escolheu brigar com quem não o podia vencer.

Isso explica ter encerrado o caso da barca nem bem recebeu aquela maleta com um bilhete anônimo muito claro, que dizia o seguinte, em letra datilografada: "Compro teu silêncio e tua saúde, e também a de teus familiares, com este pequeno mimo. Espero que tua inteligência me desobrigue de enviar uma segunda mala. Assinado: TU SABE QUEM."

Aldamir sabia. Assim como também sabia o coronel Ulisses, que, contudo, aceitou sua sina. Continuar uma guerra com a família adversária deixava de ter importância pra ele agora que não tinha mais por quem lutar. Dona Viridiana, sua mulher, não contava, pois desde que contraíra Alzheimer passava os dias atuando como se vivesse no passado.

E, se o próprio coronel Ulisses não tinha mais interesse no caso, por que cargas-d'água haveria de ser o delegado quem iria continuar cutucando essa ferida? Claro, esse pensamento não lhe veio num rompante; gastou algumas horas pensando no que um ato seu podia desencadear no futuro. O fato era que temia que o poder trocasse de mãos em eleição vindoura — o prefeito então era o coronel Ubiratan. Foi isso o que o levou a, antes de tomar alguma decisão precipitada, visitar o coronel Ulisses com a desculpa esfarrapada de lhe prestar condolências.

O coronel o recebeu muito abatido. Parecia ter envelhecido dez anos naqueles dias. Convidou-o a entrar, ofereceu-lhe uma Siciliana, que aquele recusou, em seguida um café, este aceito. Aldamir ficou dando voltas, sem saber se devia ou não entrar no assunto. Esperava que o coronel fosse o mais interessado, mas, como este não se manifestava a respeito, tomou coragem e estendeu-lhe o bilhete, dizendo:

— Coronel Ulisses, se eu comprar essa briga vou precisar de seu apoio. Nosso futuro tá em jogo.

Nem bem passou uma vista de olhos pelo bilhete, o coronel se levantou, aproximou-se de Aldamir e, sem deixar que este também se levantasse, pousou a mão sobre seu ombro e lhe sentenciou:

— Aldamir, meu estimado Aldamir... meu futuro explodiu junto com aquela barca. Tudo o que me importa agora é pedir perdão a Deus por meus pecado e morrer em paz. Só assim vou poder reencontrar meu filho. Num sei se tu vai entender, mas sinto aqui dentro do peito como se eu também tivesse ajudado a explodir ela.

Em seguida, num gesto digno de Pilatos, riscou um fósforo e ateou fogo ao bilhete, destruindo a evidência e deixando que suas brasas ardessem sobre um cinzeiro.

Quando o delegado Aldamir pôs os pés fora daquela fazenda, respirou aliviado pela primeira vez em dias. Estufou o peito, endireitou o chapéu, apertou o cinto, lançou um sorriso pro horizonte e saiu assoviando um forró de Santinho. Por um segundo, passou até por sua mente a ideia de talvez se candidatar à prefeitura dentro de uns anos, mas logo a afastou da cabeça como quem afasta uma inconveniente mosca. Dava-se por satisfeito por ter solucionado mais esse complexo caso. Agira com tato e inteligência. Sentia-se um verdadeiro Sherlock Holmes. E, sem ter um Watson à mão, filosofou em pensamento com seus botões:

"Tem vez que o mió jeito de resolver um caso é deixar ele sem resolver."

42. A MERDA VAI FEDER

Com o perdão do linguajar técnico, esse *flashback* abriu a prerrogativa pra que passemos a outro: os últimos capítulos da guerra Silva *vs.* Santos, que começou com dois irmãos gêmeos, como vocês hão de lembrar. E terminou de forma um tanto parecida. Ubirajara — nosso atual prefeito — e Aquiles nasceram no mesmo ano, no mesmo mês e com diferença de poucos dias. O filho do coronel Ulisses nasceu primeiro; uma semana depois viria ao mundo o filho do coronel Ubiratan. Vocês já devem imaginar que, numa ilha pequena como a nossa, dois meninos da mesma idade e de mesma classe social acabam se esbarrando com mais frequência do que gostariam seus pais. Contudo, qual pai com bom poder aquisitivo não quer matricular seu filho numa ótima escola? E a melhor da ilha é, sem dúvida nenhuma, o Colégio São Nun... digo, São Nicanor.

E calhou que os dois pimpolhos caíram na mesma classe desde o pré, o que fatalmente os levou a uma condenável amizade — condenável por seus pais, obviamente, que sempre foram na ilha uma variação tupiniquim da shakespeariana pendenga Montecchios *vs.* Capuletos. Ubirajara era o *nerd*, o esquisitão, o garoto desajeitado, de óculos, sempre com o nariz enfiado em aborrecidos livros, avesso a esportes e apartado do universo feminino. Aquiles era seu oposto: bonitão, atlético, carismático, inimigo dos estudos e popular entre as garotas.

Tendo nada em comum, era natural que seus pais não se preocupassem; ambos não tinham motivos pra estreitar relações. E isso de fato foi o que — não — ocorreu durante anos. Um sentava no extremo oposto do outro na sala; Ubirajara sempre nas carteiras próximas à mesa dos professores e Aquiles junto à turma do fundão — sendo que ele era seu líder.

Durante os primeiros anos, ignoraram-se completamente, o que de certa forma tranquilizava seus pais. Se eles pudessem fazer que ambos não estudassem na mesma classe, fariam, mas não podiam, e justamente por uma razão óbvia: a classe A era no colégio aquela em que estudavam os alunos filhos dos pais mais ricos da ilha. Não necessariamente a escolha tinha a ver com as notas que aqueles tirassem. E, como nenhum dos dois pais queria ver seu filho transferido pra classe B, o jeito foi conviver com o medo de que essa proximidade pudesse desaguar em amizade.

Até que um dia Aquiles se viu em sérios apuros. Como dedicava muito tempo aos esportes e às paqueras, suas notas — que sempre haviam sido medianas — de repente despencaram como um coco maduro despenca de um coqueiro. O jovem se desesperou, mas, esbarrando em Ubirajara no banheiro, teve um *insight*. Aproximou-se do "inimigo" e pela primeira vez na vida lhe dirigiu a palavra:

— E aí, Bira, como é que vão as coisa?

O outro tomou um baita susto. Chegou a olhar prum lado e pro outro, não acreditando que Aquiles se dirigisse a ele.

— Tô falando com tu! Toque aqui.

Os dois se deram as mãos. Nesse instante, uma estranha energia se espalhou por seus corpos, talvez a do reencontro do mesmo sangue separado havia décadas.

— Oxe! Deu choque, né?

Quem falou foi Aquiles, rindo.

— É, deu.

— Escute, nós estuda junto faz tanto tempo e nunca se falou, e agora que eu esbarrei em tu fiquei pensano nisso. Nós podia se ajudar mais, sabia?

— Se ajudar? Como?

— Macho, tá na cara! Quê que é se ajudar? Num é um ajudar o outro e o outro ajudar o um?

— É, mas...

— Pois então. Eu tô precisano de tu, e muito, numas matérias que eu tô rúim. E podia te ajudar...

— Mas minhas notas tão boas em todas as matérias...

— Mas como é que tão tuas nota com as cabocla?

— Com as... como assim?

— Bira, num se faça de abestado, todo mundo sabe que tu tem medo das menina, e eu posso...

— Tu tá mangano d'eu, é? Fi de rapariga! Vá te lascar!

Saiu do banheiro com um gesto de inusual violência: dando uma ombrada no outro.

Os dias se passaram sem maiores novidades. Todas as vezes que Aquiles fitava Bira, este desviava o rosto. Contudo, não via jeito de tirar da mente o que o outro lhe dissera. E o pior é que era verdade. Nunca se aproximara das garotas sem um estremecimento, sem corar ou meter os pés pelas mãos em algum gesto desajeitado. A coisa piorava a cada ano. E ele já tinha consciência de que seu pai punha nele grandes esperanças. Como filho único e herdeiro universal, sabia que cedo ou tarde, além de herdar todos os bens de seu pai, também se veria obrigado a penetrar no mundo da política, que ele achava simplesmente enfadonho. Chorava escondido muitas vezes ante a incompreensão do pai, que se lixava pra suas boas notas e queria ver nele mais atitude, mais "culhão". E, sabedor de tudo o que se passava na escola, criticava-o implacavelmente quando comparava sua timidez com a desenvoltura do filho do adversário. Tudo isso fervilhava na cabeça de Bira, que um dia tomou uma séria decisão. Foi até Aquiles, tocou-o no ombro e disse:

— Aquilo que tu me disse outro dia tá valeno ainda?

O outro lhe lançou seu costumeiro e encantador sorriso e, sem dizer nada, estendeu-lhe a mão pela segunda vez. Novo choque os uniu numa sinergia que fez ambos sorrirem.

Foi na biblioteca do colégio que Aquiles disse a Bira:

— Tu sabe que nossos pais se odeiam, num sabe?

— Sei, mas...

— Pois então! Esse nosso acordo tem que ser segredo. Nós tem que continuar seno inimigo lá fora.

— Mas... por que nós...?

— Num tem por que nem meio por quê. Se nossos pais descobrirem que nós tá se falano, a merda vai feder. E eu tô precisano muito de tu agora pra deixar isso acontecer. Eu e tu temo que ser mais inteligente que o bando de olho que tem aí fora em riba de nós.

— Como assim bando de olho?

— Ô, Bira, mas será o benedito que um cabra que nem tu, que só tira dez nas prova, num consegue enxergar nada que num teja escrito num livro? Oxe, macho! Nós é observado todo dia, toda hora, e por todo mundo!

— Mas então como nós vamo fazer pra ninguém perceber?

— Tu sabe o laboratório, num sabe?

— Sei. O que é que tem?

— Eu tenho uma cópia da chave de lá. Ele fica no último andar, lá no cantão, e num é muito usado. Nós só tem que saber os horário que ninguém tá usano e se encontrar lá.

— Mas como nós vamo saber disso?

— Deixe comigo. Tu topa?

— Topo.

— Então, toque aqui.

Novo choque.

43. VOU TE DEIXAR NOS TRINQUE

O acordo se deu às mil maravilhas. Aquiles surrupiou um papel que continha os horários em que as salas eram usadas e, de posse dele, fez chegar até Bira os melhores horários pra que eles se encontrassem sem ser incomodados. Sempre um teria que ir na frente e, no intervalo de cinco minutos, o outro seguiria. E a mesma estratégia na hora de sair. Era só dizer pra alguém que iria ao banheiro. A escola era grande; ninguém iria notar.

O segredo dos dois inimigos rendeu frutos. Bira se mostrou um ótimo professor. Quando ensinava a Aquiles as matérias mais "cabeludas", este conseguia entender tudo como que por mágica. Dizia que Bira era o melhor professor que ele já tivera na vida. Apesar de sua limitação, as notas começaram a subir gradativamente. Um 3 virou 6, depois 7,5 e aí por diante. Nunca chegou a um 9, mas vez por outra conseguia um 8, ultrapassando assim suas metas. Sabia que um dia ia ser político e possivelmente prefeito da ilha, pra isso só precisava continuar passando de ano.

Em contrapartida, embora Bira se sentisse feliz ao ver que os progressos do outro se deviam a ele, começou a se sentir lesado no acordo, pois, ao passo que ensinava tudo o que sabia a Aquiles, este parecia ter se esquecido por completo de entrar com a contrapartida. Foi quando tomou coragem e lhe disse:

— Sabe, tô feliz por tu, mas parece que tu esqueceu tua parte em nosso acordo. Eu tô do mesmo jeito que...

— Oxe, Bira! Arre égua! Me desculpe! Sabe o que é? É que minhas urgência eram mais urgente que as tuas, mas agora eu prometo que vou cumprir minha parte. E vou começar agora! Me diga uma coisa: tu já beijou?

— Se... se... eu já beijei?

— É, macho! Beijou ou num beijou?

— Mas... q-quem?

— Como quem? Qualquer uma.

— Minha mãe sempre me beija...

— Mas rapaz, tu é doido, é? Eu tô falano é de beijo de língua! Assim, ó.

E, com uma sem-cerimônia que fez do natural choque entre eles sair faísca, Aquiles se aproximou de Bira, segurou-o pelo rosto com as duas mãos e lhe tascou um beijo de língua, e daqueles demorados. Bira quis escapar do beijo, mas a intenção não foi forte o suficiente, durou não mais que um segundo. No instante seguinte, abraçou o amigo com ânsia e correspondeu ao beijo com avidez. Quando, por fim, Aquiles se afastou, riu gostosamente e disse:

— Tu tava precisado mermo, hem?

Bira corou e calou.

— Deixe disso, homem! Nós é macho, num é? Isso foi só uma coisa que aprendi nas aula de teatro. Sabe como se chama isso? Beijo técnico. É. Um ator tem que tá preparado pra tudo, até pra beijar outro homem. Então, como vi que tu tava precisano de umas lição sobre o assunto e, se dependesse de tu, ia demorar, adiantei um tempinho. Agora, quando tu pegar uma cabocla e arrastar ela pra per'de tu, já vai saber como é que se faz. Mas, ó, num conte pra ninguém isso que aconteceu aqui, porque quem num fez teatro pode achar que nós é baitola. Hahaha!

— Mas... então...

— Então, deixe comigo. Nos próximos encontro, vou te deixar nos trinque. Tu vai virar o terror da mulherada da ilha. Fique tranquilo. Agora, eu preciso ir. Espere aí uns minutim, como a gente sempre faz. Tchau.

Bira ficou ali sentado sem se dar conta do tempo, pensando no que lhe tinha acontecido. Ou melhor, pensando no que tinha feito. Sim, porque ele não fora um agente da passiva, tinha correspondido ao beijo, e mais, com gula. Quando por fim saiu da sala, ficou tocando os próprios lábios e pensando que aquele tinha sido até então o dia mais feliz de sua vida. Só havia um problema: quando vivemos um dia feliz, queremos que o mundo inteiro saiba de nossa felicidade; já no caso dele não poderia contar nem pra própria sombra.

Aquiles cumpriu a promessa. A cada aula, dava novas e mais importantes lições ao colega, e sempre com riqueza de exemplos — generosamente. Até que chegou o dia que Bira temia. Foi Aquiles quem falou:

— É, cabra, acho que tudo o que eu tinha pra lhe ensinar já ensinei. Agora, é só tu botar em prática. E fique sabeno que, se precisar de algum apoio extra, pode contar comigo.

— A-acabou? Ma-mas... e sobre sexo?

— Ah, macho, aí eu só tenho uma coisa a lhe dizer: tu tem que ir no Les Quengas. Até porque eu posso ser ator e tal, mas num sou ator de filme de putaria; tenho meus limite, né?

Soltou uma sonora gargalhada, dando um tapinha de camaradagem nas costas do outro, e acrescentou:

— Tu sabe que se dependesse só de mim eu até ia com tu um dia desses, mas nossos pais ia ficar sabeno na mesma hora, aí a casa ia cair pra nós. Vá só ou com algum amigo. O que eu posso lhe adiantar é o seguinte: tenha calma. Sei que num é fácil, mas se tu num tiver calma ou o pau num vai subir ou tu vai gozar em menos de um minuto. Mas também, fique tranquilo, que sexo num se aprende num dia não. Tem que fazer várias vez, daí, lá pela décima, tu já vai tar craque. E é sempre bom tomar uma antes. Tu bebe?

— Não.

— Pois tá na hora de começar. Escute: procure Perpétua e diga que fui eu que lhe enviei. Ela vai te tratar como um rei.

Foi a última vez que ambos se falaram. Bira continuou apaixonado por Aquiles por muitos anos; sentia em seu coração, além disso, uma enorme gratidão por tudo o que o outro lhe havia ensinado — esquecendo até que ele também lhe ensinara muito.

Contudo, com o passar do tempo e a rejeição do amigo/inimigo, veio a mágoa, que finalmente virou rancor. Doía-lhe além do que podia suportar ver o outro diariamente e não poder lhe falar, fitá-lo e ser por ele ignorado; até que acabou esquecendo tudo o que Aquiles fizera por ele e dentro de seu coração transformou o rancor em ódio.

Antes disso, acatou a sugestão de Aquiles e visitou o Les Quengas. Já era famoso lá, apesar de ali nunca ter entrado; portanto, quando perguntou por Perpétua, madame Zoraide, a dona da casa, parabenizou-o pelo bom gosto, bateu palmas duas vezes e eis que em sua frente surgiu uma estonteante mameluca que o fez perder a respiração por um segundo. Essa mesma Perpétua futuramente se tornaria a proprietária do estabelecimento.

Nessa primeira noite, Bira bebeu e, quando subiu pro quarto com a moça, ao vê-la nua correu pro banheiro e vomitou. Não fizeram nada, apenas conversaram. A moça virou uma grande amiga sua e também confidente. Na terceira noite em que foi ali, por fim transaram. Ao contrário do que Aquiles previra, o rapaz demorou pra gozar.

Até seu casamento, nunca teve outra mulher que não Perpétua, que era ao mesmo tempo amante, amiga e confessora. Contudo, depois que se casou nunca mais apareceu por lá. Perpétua ficou profundamente sentida, mas entendeu o amigo. E prometeu a ele — e a si própria — que jamais revelaria a quem quer que fosse a homossexualidade reprimida do rapaz. Fez o que estava a seu alcance, e acreditava que ele pudesse representar prazer de forma minimamente crível com a esposa, usando as férteis imaginação e criatividade que Deus lhe dera.

Já quanto a Aquiles, estava preparado pro futuro que o aguardava e sabia que Bira não fazia parte dele. Gostara do rapaz e, em outras circunstâncias, teria até sido amigo dele, mas sabia ser isso impossível e aceitava os fatos. Percebera os sentimentos de Bira em relação a ele e achara natural; era um sujeito avançado pra sua época — e seu local. Não se considerava um homossexual, mas tampouco rechaçaria experiências homoafetivas; o problema era sua posição, era ser filho de quem era. Por isso, agradecera a Bira também por ter sido o sujeito com quem uma única vez na vida pudera experimentar algo nesse sentido. Quando Bira lhe falou sobre sexo, balançou, mas sabia que seria um passo que, após dado, não teria como ser apagado, e pela primeira vez na vida sentiu medo e afastou a possibilidade da concretização do ato. Ignorava o amigo na sala de aula e pelos corredores com dor no coração, mas, como trazia uma leveza n'alma, suportou — e superou — bem o afastamento entre ambos. E, paulatinamente, preparava-se pro dia em que viria a enfrentar o outro num pleito.

Na noite em que o coronel Ubiratan recebeu o jogador Olegário em sua casa pra tratar de negócios, Bira, escondido atrás de uma porta, ouviu tudo. Dias depois, quando soube a respeito do incêndio que fez a barca naufragar e, consequentemente, matou Aquiles, chorou como havia muito não o fazia. No dia seguinte, porém, levantou-se com os olhos secos e sem ódio nem remorso.

44. VELHO, EU NUM VOLTO, EU VEM DE NOVO!

O relógio da igreja marcou 21h quando resolvi fazer uma derradeira ronda. Vou resumir. O calor continuava insuportável. O termômetro da praça marcava 39 graus. Quase não se via ninguém nas ruas. O ginásio estava vazio, fechado, limpo e com as luzes apagadas. O povo daqui não é japonês, mas também é muito asseado e sabe trabalhar coletivamente. Nem bem acabou a festa, cada um fez sua parte e em menos de uma hora estava tudo tão ajeitado que se algum desavisado passasse por ali e visse o local duvidaria de que tivesse abrigado uma festa tão grande como foi a de hoje.

De novidades, o que houve foi o paulatino reaparecimento de outros policiais e vereadores, todos nus, sofrendo de amnésia, e cada um trazendo no corpo algum detalhe que os diferenciava da véspera. Como não passam de personagens secundárias, não vou perder meu tempo — nem o de vocês — tratando deles. Aos mais curiosos, sugiro que leiam a versão digital do jornal de amanhã. Isto é, se a internet voltar.

Dei um pulo na baía do Grego já sabendo o que iria encontrar, mas o fiz só por desencargo de consciência. Como imaginava, não encontrei ali viv'alma e nem sinal de barca. Pra não dizer que minha visita foi inútil, encontrei no caminho nosso pescador onanista voltando do mar trazendo no ombro esquerdo um toco de madeira de cujas extremidades pendiam dois punhados de peixes. Ignoro se durante o decorrer do dia se deu conta dos bizarros acontecimentos que ocorreram — e ainda agora estão ocorrendo — por aqui. O mais curioso é que deve ter saído pra pescar no meio do temporal que caía de manhã. Será que ele se encontrava numa realidade paralela? Vi-o olhar pro céu ensolarado e sorrir, brincando com a dentadura enquanto sorria.

No hospital, não encontrei Severino. Tampouco na delegacia — não, leitores, não fui lá procurá-lo; passei apenas pra ver se algum policial havia recobrado o juízo. Obviamente, lá não encontrei ninguém. Nenhum dos reaparecidos deu o ar da graça. Alguns metros depois, reparei em Preto Bartô bebendo no boteco do Velho e conversando animadamente com um sujeito que, ao ver mais de perto, notei ser Severino. Trazia o braço direito imobilizado. Do lado de dentro do balcão, secando copos, o Velho ouvia atentamente a prosa. Ele tem esse apelido por causa de um acontecimento que virou piada e hoje é repetido pela população. Vale a pena contar, nem que seja pra trazer um pouco de leveza ao relato.

Velho, a quem então todos chamavam de seu Zé, um belo dia — pra ele nem tão belo assim —, acordou e se deparou com um bilhete da esposa no qual ele leu os motivos muitos dela pra abandoná-lo. Não revelou pra onde ia. Como não tinham filhos, foi só. Dizem as más línguas que pegou a primeira barca da manhã com um turista carioca. O marido abandonado, incrédulo, procurou-a por toda a ilha, foi até a casa dos sogros, mas ou estes também não sabiam de seu paradeiro ou não lhe quiseram dizer. Foi então que fez as malas e se mandou pra Cidade Maravilhosa. Contam que, antes de entrar na barca, escarrou no chão e disse:

— Num piso nessa terra nunca mais ou num me chamo Zé.

Anos mais tarde, lá vinha ele noutra barca. Feliz da vida. Não encontrara a esposa, mas trazia consigo uma baiana muito da jeitosa com quem se amancebara por lá e com quem vive até hoje. Têm até uma filha muito bonita, que puxou pra mãe.

Entretanto, o que gerou o apelido foi o que ele disse a um amigo, ao ser abordado por este quando saía da barca. Perguntou-lhe o amigo:

— Oxe, Zé! Tu disse que num voltava era mais nunca. Voltasse?

— Velho, eu num volto, eu vem de novo!

O amigo, muito do fuleiro, espalhou por aí o chiste, e a coisa pegou de tal modo que seu Zé, que havia dito "Num piso nessa terra nunca mais ou num me chamo Zé", acabou sendo rebatizado de Velho. Entretanto, levou na brincadeira a gozação e passou mesmo a repeti-la e até adaptá-la.

— Cabra, tu num disse que ia virar carioca?

— Velho, durante um tempo eu fui, mas num sou mais.

— Home, tu tá cumeno, é?

— Velho, eu num como, eu me alimento.

— Rapaz, pensei que tu tinha morrido!

— Velho, eu num morro, eu faleço.

— Achou a esposa, infeliz?

— Velho, eu num tem esposa, eu tem é companheira.

— Pois me diga aí quanto é que tá a cachaça, seu moço!

—Velho, eu num vendo cachaça, eu vendo é água ardente!

E assim por diante.

45. VIXE, MINHA NOSSA SENHORA!

Continuando meu trajeto, reparei que estava tudo em paz na Pousada Sol de São Nunca. Perpétuo já não estava mais. A mãe e a esposa o levaram pra local mais distante do falatório, que a meu ver deve ser seguramente a fazenda do prefeito. Genuína, Juvenal e Esperança assistiam pela TV aos melhores momentos da festa no ginásio. Dra. Norma cansou-se de repetir "isso é inadmissível" e, vencida, tirava um cochilo enquanto seus gêmeos brigavam pelo celular da mãe.

Passei pela casa de Takezo e não me demorei muito. Ainda estava lá Joaquim, que, solteiro e sem parentes vivos, não teve quem viesse reclamá-lo. O japonês lhe ensinava a jogar damas.

Na casa do delegado, dona Quitéria, ainda com os olhos vermelhos, dava uma canja de galinha ao marido. Na boca, como a um bebê.

Miro, finda a festa, já havia fechado a banca.

Padre Diego jantava na residência de um casal de devotos cujos nomes não vem ao caso dizer, visto que não tiveram relevância nesta história. Pra efeito de informação, relato apenas que a esposa está no sexto mês de gravidez do primeiro filho.

Santinho do Acordeom, já em casa, comemorava com os demais membros de seu trio comendo um belo baião de dois — mas com frutos do mar, prato típico daqui — e secando uma garrafa de Siciliana.

Minervina jantava com Netinho na casa da vizinha Jurema.

Na casa de dona Dasdô, as luzes estavam apagadas, então adivinhei onde ela podia estar, e enfim vim parar novamente aqui, no Templo da Cruzada. Lá está ela, sentada bem no banco da frente. E reparem! Não é que arrastou os quatro filhos? Estão bem quietinhos ao lado da mãe. Num canto, de pé, está o incansável

Venâncio, do Diário de São Nunca, contendo um espirro enquanto escreve o que ouve. Rosa, de microfone na mão, pratica uma espécie de exorcismo. Claro que vocês já adivinharam quem é o sujeito de cujo corpo ela tenta tirar o demônio. Isso mesmo! É seu marido Paolo, que, com olhos distantes, parece não perceber que a coisa é com ele. Ouçamos um pouco. Embora ela não seja lá um padre Diego, suas palavras me divertem.

— Vejam, meus irmãos e minhas irmãs, nem a casa do Senhor está livre de satanás. Reparem bem no que fizeram com esse homem, nosso pastor, meu marido. Um homem de Deus, purificado. Como não tinham nada contra ele, ABISSULUTAMENTE NADA!, resolveram sequestrar ele e nos devolveram assim, abilolado, tomado pelo espírito do coisa rúim. Mas o sangue de Jesus tem poder, irmãos e irmãs! E hoje nós vamo presenciar aqui um milagre. Nem que nós fique até amanhecer o dia, mas o demônio vai abandonar o corpo desse homem.

Vira-se pro marido, encosta a mão direita em sua testa e profere:

— Arreda, satanás! Abandona esse corpo que não te pertence!

Flor tapa os ouvidos e chora. Paolo, indiferente, futuca o nariz em busca de alguma incômoda caquinha.

Bocejo. Disse que as palavras de Rosa me divertem, mas não por muito tempo.

Algum fiel mais desatento olha pra fora e grita:

— Vixe, minha Nossa Senhora!

Não é uma palavra muito adequada pra se dizer dentro de um templo evangélico, mas chama a atenção dos demais, que agora correm pra fora, deixando o exorcismo pelo meio, pois também Rosa, curiosa, termina por vir ver o que está acontecendo.

月

46. VEJAM, É A LUA! QUE GRANDE!

Não só os fiéis vieram cá pra fora, mas toda a população da ilha. O que nós estamos presenciando agora, estimados leitores, é algo que seria até corriqueiro, fosse um final de tarde qualquer, mas o fato é que agora o relógio da igreja marca exatamente 23h e o sol está se pondo. Mesmo em dias comuns, trata-se de um espetáculo de rara beleza, pois o pôr de sol aqui é sempre lindo, revestido de uma amálgama de cores ímpar; contudo, como já frisei, nossa ilha é a parte territorial brasileira situada mais ao leste, portanto, assim como o sol nasce primeiro deste lado, também se põe primeiro por aqui. Assim, ver o que nós estamos vendo agora, faltando uma hora pra meia-noite, é algo inigualável, é como se estivéssemos vendo o cometa Halley, ou um eclipse do sol, ou ainda a superlua. Eu diria, pensando bem, que nem dá pra comparar com esses outros eventos astronômicos porque, ainda que uns demorem mais que outros, ocorrem com certa regularidade, ao passo que o pôr do sol de hoje é inédito em nossa história.

Desculpem, não me aguentei. Tive que usar mais um de meus superpoderes, que é o da levitação. Não sei, fiquei de repente emotivo vendo todo mundo olhar pra cima e me deu uma vontade danada de olhar pra baixo. Agora, de onde estou posso ver toda a ilha, com suas belas luzes que se acendem, e a população em festa invadindo as ruas e dando vivas ao sol, que se põe majestosamente. Não vou chorar, senão alguém pode achar que vai começar a chover novamente. Não. Conter-me-ei. Sou realmente um felizardo por viver num lugar tão mágico e maravilhoso como este.

Agora, quase não resta mais nada de sol. Ele está quase todo submerso.

Um minuto de silêncio, por favor.

...

— Vejam, é a lua! Que grande!

47. QUERO ESSA PUTA FORA DE CASA INDA HOJE

Sinceramente, não sei mais o que falta acontecer aqui. Ontem, foi lua minguante, hoje brilha no céu não apenas uma lua cheia, mas uma lua gigante! É como se ela estivesse tão próxima de nós que quase a pudéssemos tocar. E brilha com uma intensidade capaz de iluminar toda a ilha. Noto também que o termômetro da praça marca 28 graus, o que pra nós é quase frio.

Já estou no chão, só pra constar.

Passa por mim novamente Tudo-Joia. Ergue-me os polegares e me pisca um olho novamente. Sei que não vai tentar me levar à Fortaleza desta vez. Sem medo, acompanho-o.

Por onde passamos, vemos são-nicanorenhos embasbacados olhando pro céu. Amanhã, devem acordar todos com torcicolo.

Ah, já sei pra onde me leva. Dá-me tchauzinho com os dois polegares e some na noite. Chegamos agora a um local onde ainda não os havia levado. É que durante o dia não tem graça nenhuma aparecer por aqui. Senhoras e senhores, bem-vindos ao Les Quengas.

Antes de penetrarmos — com o perdão da palavra — no mais importante parque de diversões da ilha, peço-lhes um pouquinho mais de paciência, pois lhes desejaria contar ainda uma historinha. Prometo que será a última, pois dentro de alguns minutos este histórico dia verá seu fim.

A dona deste honorável *rendez-vous*, como já foi dito, é a elegante madame Perpétua, mas ela nem sempre teve esse *status*. Começou a trabalhar ainda muito jovem como criada na fazenda do coronel Ulisses. Ingênua, acanhada, arredia, parecia mais um bicho do mato que um ser humano. Era, além disso, analfabeta. Filha de pais muito pobres, também eles analfabetos, jamais tivera oportunidade de pisar numa sala de aula. Como seus progenitores também trabalhavam na fazenda — sua mãe como cozinheira e seu pai como peão —, ela naturalmente acabou virando uma das criadas ali sem mesmo se dar conta.

Era, contudo, muito querida por todos. Dona Viridiana, esposa do coronel Ulisses, que sempre quisera uma filha, mas jamais conseguiu de São Nunca essa preciosa graça, nutria pela menina um carinho especial. Claro, até a página 2. Afinal, a família sempre vem em primeiro lugar. Mas foi ela quem sugeriu que Perpétua devia estudar ao menos pra aprender a ler e escrever o próprio nome e fazer conta. Como ela trabalhava muito e não teria tempo de ir à escola, dona Viridiana teve a brilhante ideia de que seu filho gastasse uma hora de seu dia ensinando o beabá à menina.

Aquiles em princípio não gostou muito da ideia, mas, como sua mãe insistisse, acabou consentindo, também porque, pensando bem, poderia vir a tirar vantagens futuras daquela situação.

O tempo passou e aquela curta hora que ambos passavam juntos se transformou no momento mais esperado do dia. Nasceu desse compromisso diário uma amizade sincera que logo desaguou em amor por parte dela e em interesse sexual por parte dele.

Aquiles era ainda virgem e viu em Perpétua a oportunidade perfeita pra solucionar esse pequeno problema. Podia perder a virgindade com uma prostituta, mas era muito orgulhoso pra isso; também existia a hipótese de que a escolhida fosse uma das tantas garotas da escola que lhe davam mole, mas o mancebo não queria de jeito nenhum que descobrissem que ele ainda não tinha experiência sexual. Se alguma garota se entregasse a ele, fatalmente notaria sua condição de neófito e a coisa poderia se espalhar, o que o faria perder num piscar de olhos sua fama de conquistador que já começava a crescer.

Foi paciente, no entanto. Agiu com método. Sabia já que Perpétua era louca por ele, então se comportou como se fosse alguém que ele só viria a ser mais tarde. Tudo começou com um beijinho no pescoço, uma mão boba ora aqui e ora ali, sempre sem avançar muito depressa, pois a ideia não era assustar Perpétua, mas fazer que o desejo dela fosse tão grande que um dia praticamente lhe implorasse pra que a possuísse.

Perpétua saía dessas aulas notando uma estranha umidade entre as pernas, passava o dia pensando no rapaz e à noite sonhava com ele. Sua aflição era tão grande que por vezes sentia mesmo dificuldade de respirar. A natureza é boa mestra, e há ocasiões em que sem que ninguém nos ensine aprendemos certas coisas. Foi assim que Perpétua aprendeu a tocar partes de seu corpo que até então nem sabia pra que existiam. Seus banhos ficaram mais demorados e seu sono só chegava depois que ela, ainda que estabanadamente, apaziguava a libido.

E eis que uma tarde, por fim, fez o que Aquiles programara. Atirou-se a ele como uma pantera...

Nessa noite, tocou-se com mais sofreguidão, pois o rapaz, que parecera tão experiente e sedutor, não conseguiu ficar dois minutos dentro dela.

Contudo, uma vez aberta a porta, voltar a entrar é algo que se torna cada vez mais fácil. Tudo o que Aquiles diria a Bira era uma verdade que ele próprio aprendera. Assim, dia após dia Aquiles foi aprendendo a dominar sua afobação e inclusive a satisfazer Perpétua, que, como o amava, tinha em relação a ele uma paciência do tamanho do mundo.

Ambos só não contavam com algo que muito naturalmente sói acontecer nesses casos. E vocês, leitores, não precisam que eu desenhe, não é mesmo?

Perpétua, com toda a sua ingenuidade, só se deu conta de que algo estranho estava acontecendo em seu corpo quando sua gravidez já entrava no terceiro mês. E não pela ausência do sangramento mensal, mas pelas convulsões que passaram a invadi-la. Entretanto, embora soubesse que algo não andava bem, nem por um minuto imaginou que pudesse ser o que realmente era. Se tivesse pensado nisso, não teria falado tão inocentemente com sua mãe sobre o assunto.

A mãe, em vez de se condoer pela situação da filha, deu-lhe um tapa no rosto que a fez desabar no chão. E, como se não bastasse, contou a novidade ao marido, que lhe deu uma surra de cinto que por pouco não a matou. Enquanto colocava novamente o cinto, virou-se pra mulher e sentenciou:

— Quero essa puta fora de casa inda hoje.

Só nesse momento, a mãe viu a dimensão da besteira que fizera, mas agora já era tarde. Como tinha mais temor ao marido que amor à filha, o máximo que pôde fazer foi ajudá-la com a mala.

Perpétua, antes de ir embora dali pra sempre, deu um jeito de encontrar Aquiles e lhe contar o que havia ocorrido. Quando o fez, o rapaz ficou pálido como um defunto e ela achou que ele fosse desmaiar. No instante seguinte, porém, o estabanado Casanova recobrou os sentidos e, com voz até carinhosa, disse-lhe:

— Perpétua, tu sabe que se meu pai ficar sabendo disso me mata, num sabe?

— Se-sei, mas...

— Olhe, se tu me ajudar, eu te ajudo. Combinado?

— Combinado. Mas o que tu quer que eu faça?

— Tu não tem pra onde ir, não é? Se tu ficar calada e nunca der nem um pio pra ninguém sobre o que aconteceu entre nós, eu te arranjo um lugar bem legal pra morar, um lugar cheio de garotas que nem tu, que não tiveram pronde ir. Tu aceita?

— Aceito.

—Então, me escute. Tu vai se esconder no estábulo e vai ficar bem quietinha. Se alguém chegar, tu se agacha. De noitinha, eu apareço lá, dou dois assovios assim, ó — mostrou pra ela como seriam e continuou —, e te levo pra esse lugar. Combinado?

— Combinado.

48. ELE, EU AMO COM A BOCETA; TU, COM O CORAÇÃO

Aquiles não queria perder a virgindade com prostitutas, mas isso não significava que não tinha desejos de frequentar o estabelecimento. Tão logo solucionou seu problema e adquiriu certo traquejo nos jogos horizontais, correu pra lá orgulhosamente e virou um cliente costumeiro. Pra orgulho de seu pai, que, devido a uma grande cadeia de informantes, poderíamos dizer que era onisciente.

Assim, nessa noite, quando Aquiles encontrou Perpétua no estábulo, levou-a justamente praquela que seria a casa definitiva dela, o famoso Les Quengas.

O que aconteceu na sequência são coisas que costumam acontecer nessas ocasiões. Perpétua, ainda em sua inocência, quando percebeu pra onde Aquiles a tinha levado, desesperou-se, chorou, berrou, gritou, amaldiçoou, rogou praga... e finalmente aceitou. Contribuiu pra isso a psicologia de madame Zoraide, a dona do lupanar, que, ademais, tinha uma história de vida que guardava certa semelhança com a da menina.

Em pouco tempo, a relação entre as duas se tornou tão forte que até causou inveja nas outras garotas, mas madame Zoraide, que sabia a hora de ser gentil e a hora de ser dura, cortou logo essa ciumeira.

Quanto à gravidez de Perpétua, conto que a menina teve dias depois no chão do banheiro um aborto espontâneo causado pela surra que levara do pai. Quando madame Zoraide soube, fez vir até lá imediatamente o então jovem dr. Anísio, também um *habitué* do local. O médico cuidou carinhosamente da menina e posso até dizer que ela lhe deve a vida. Infelizmente, as graves circunstâncias em que o aborto ocorreu a impossibilitaram de voltar a engravidar. Esse "infelizmente" que usei é força do hábito. No caso dela, acho que foi antes uma bênção.

Perpétua continuou se deitando com Aquiles — a quem perdoou e continuou a amar —, mas agora não mais de graça. Inclusive, chorou muito quando soube da trágica morte do rapaz. Já a pessoa com quem teve mais amizade foi Bira. Entre eles, nunca houve segredos. Assim, Bira soube toda a história entre Aquiles e Perpétua, o que contribuiu pra que seu amor pelo rival se transformasse em ódio. Em contrapartida, não só contou a Perpétua sobre sua antiga paixão por Aquiles, mas também, tempos depois, confidenciou-lhe que havia sido seu pai o responsável pela criminosa explosão da barca, que dera cabo, além de Aquiles, da maioria das outras pessoas que iam a bordo. Como a verdade, além de aparentemente não interessar a ninguém, ainda podia pôr a vida de ambos em risco, fizeram um pacto de silêncio. Que foi cumprido.

Bira sempre se roeu de ciúmes tanto de Aquiles com Perpétua quanto de Perpétua com Aquiles — mesmo depois da morte deste —, mas ela costumava tranquilizá-lo, dizendo:

— Sossega, Bira. Ele, eu amo com a boceta; tu, com o coração.

Depois que se casou, como já frisei antes, Bira deixou de frequentar o Les Quengas e virou Ubirajara, mas, não sei se perceberam, o nome que deu ao filho foi uma homenagem à única mulher que amou na vida. Quanto a dona Firmina... Bom, ela é a esposa.

Que, por falar nisso, nunca se deu conta da homenagem, ou se se deu preferiu não fazer caso de tal, por pertencer a outro mundo.

49. HOMEM AO MAR!

Peço perdão aos afoitos leitores, que mal veem a hora de chegar à última página deste epopeico livro em que o grande herói é a própria ilha, mas preciso acrescentar que o pior de meus superpoderes é o esquecimento, e usei dele até agora, pois quase não contava sobre uma personagem que, embora já tenha morrido há tempos, é de suma importância nesta história: a francesa Catherine.

Diz a lenda que há muitas décadas aportou por estas bandas um navio que levava turistas que faziam um cruzeiro ao redor do mundo. Nele, vinham a jovem Catherine — que então tinha recém-completados 18 anos — e *monsieur* Deneuve, um milionário que tinha o dobro de sua idade e com quem viajava em lua de mel. Na época, não havia ainda a pousada de seu Epaminondas e era costume os turistas se alojarem nas casas dos são-nicanorenhos, com quem negociavam as diárias. Quer dizer, ainda hoje existe essa prática — já devo ter comentado —, mas diminuiu consideravelmente depois da pousada. Calhou de Catherine e seu esposo ficarem na casa de um casal que tinha uma filha ainda mais nova que a francesa, uma exuberante moçoila de 16 anos.

Catherine se apaixonou pela ilha. Já *monsieur* Deneuve logo no primeiro dia pegou uma insolação e caiu de cama, o que obrigou sua esposa a fazer passeios nos dias seguintes só com um guia ou acompanhada de outros turistas. Tudo ia bem, até que no terceiro dia uma inesperada chuva trouxe Catherine de volta mais cedo à casa onde se hospedara. Quando entrou, notou que o casal de locadores não estava. Achando que o marido dormia, sem fazer barulho foi até o quarto que lhes havia sido reservado e o flagrou na cama com a pimpolha, uma viçosa moreninha. Deu meia-volta e ainda em silêncio se dirigiu à porta. Caminhou na chuva toda a tarde, aos prantos. Contudo, quando voltou pela segunda vez, agiu como se não tivesse visto nada.

Reza a lenda ainda que, quando o navio cumpria seu curso final e já regressava ao porto de origem, ouviu-se um grito:

—Homem ao mar!

O navio imediatamente parou e começaram as buscas. Quando acharam o corpo já sem vida, descobriram que era o de *monsieur* Deneuve. Imediatamente, procuraram sua esposa pra pô-la a par do trágico ocorrido e a encontraram dormindo em sua cabine. Uma investigação foi feita, mas, como não se chegou a nenhum culpado e tampouco havia evidências de suicídio, o caso foi encerrado como morte acidental.

Poucos meses depois, a viúva estava de volta à ilha. Chegou dizendo que gostaria de explorar o mercado imobiliário local. Comprou um enorme terreno um pouco afastado do centro e ergueu ali uma verdadeira mansão. Poucos meses depois, inaugurou o Les Quengas, que chocou a sociedade, mas obteve sucesso absoluto. Além de quebrar a concorrência, visto que até então os demais lupanares locais eram pequenos e, digamos, pouco sortidos. Já o Les Quengas, além de ser um baita casarão erguido em estilo francês, tinha uma variedade de moças de deixar a clientela babando. Algumas delas haviam vindo não só da capital, mas também de Salvador e do Rio de Janeiro.

Reza a lenda ainda que quando a moreninha que dormira com seu marido bateu à porta pedindo trabalho foi recebida de braços abertos por madame Catherine. Seu nome era Zoraide.

Quando a francesa caiu prostrada na cama, Zoraide, agradecida, cuidou dela até sua morte. Dizem que enquanto cuidava dela negociou o estabelecimento, herdando junto com ele o título de madame.

50. MADAME PERPÉTUA, A RAINHA DAS QUENGA!

Antes de entrarmos, pediria ainda um minuto de sua atenção, leitores, pra acrescentar duas informações importantes. A primeira é que nunca contaram a verdade a dona Viridiana. Disseram-lhe apenas que certa manhã Perpétua arrumara suas coisas e sumira no mundo. A mulher chorou como se tivesse perdido uma filha. Inclusive, quando contraiu Alzheimer, vivia se dirigindo às demais criadas chamando-as pelo nome da fujona. Contam também que antes de morrer a última palavra que saiu de sua boca foi "Perpétua...".

A outra informação é que, embora madame Zoraide tratasse Perpétua como a uma filha, e embora vocês devam estar imaginando que foi assim que se deu, não, Perpétua não ganhou o Les Quengas de mão beijada. Claro que foi favorecida, mas sutilmente. Certo dia, madame Zoraide se dirigiu a Perpétua e lhe confidenciou:

— Menina, tu sabe que eu não tenho nenhum parente vivo e, como não vou ficar pra semente, queria lhe fazer uma oferta.

— Diga, madame Zoraide.

— Tu tem uma vida boa aqui, não tem?

— Oxe, madame Zoraide! Claro que sim! Mas por que essa prosa agora?

— Menina, é o seguinte: tem muita quenga aqui que eu sei que não gosta de mim e mal vê a hora d'eu bater as bota. Então, como eu não quero entregar de mão beijada esse lugar que eu suei pra comprar, queria que tu comprasse de mim antes d'eu me aposentar.

— Mas, madame, como, se eu não tenho nem onde cair morta?

— Não cuspa no prato que come, menina! Se eu não lhe dou de um tudo aqui!

— Desculpe, madame Zoraide, eu não quis dizer isso, é que...

— Não quis dizer, mas disse. Mas deixe de bestage e escute. Tu é nova, bonita, tem muitos cliente.... O que eu quero lhe propor é o seguinte: tu sabe que eu nunca saí da ilha? Meu sonho é conhecer a capital. E puta não se aposenta, não é? Então, tô guardando uns trocado pra quando o corpo não aguentar mais o trabai eu me mudar pra lá. Escute: tu não tem muito gasto, eu queria te perguntar se tu aceita eu fazer uma poupança pra tu. Eu tiro uma parte dos teus ganho e deposito nessa conta. Quando tiver uma quantia que eu achar justa, lhe vendo e vou-me embora. Tu aceita? Pode confiar em mim, que eu não vou lhe enganar. Também fui muito ajudada por madame Catherine — que Deus a tenha em sua misericórdia. Tu aceita?

— Oxe! Mas é claro, madame Zoraide! Eu fico é muito agradecida, visse?

Madame Zoraide abraçou Perpétua com força e lhe sussurrou ao ouvido:

— Um dia, tu vai ser madame Perpétua, a rainha das quenga!

E ambas gargalharam gostosamente.

O que Perpétua não sabia era que Zoraide não tinha intenção de se mudar. Como ela mesma disse, puta não se aposenta. O que ela desejava era pôr à prova a capacidade de Perpétua, sua confiança e sua honestidade. Assim, quando faleceu, deixou-lhe em testamento 80% do que tinha. Os demais 20% foram divididos entre suas outras "filhas", com a condição de que fossem leais à nova madame, Perpétua, a rainha das quengas.

51. FECHE A PORTA

Agora, sim, entremos.

O que mais me entristece quando venho aqui é que não sou bem-recebido nem anunciado. Ossos do ofício. Em compensação, meu voyeurismo se locupleta.

Hoje, a casa está cheia, apesar de ser domingo. Como está sendo um dia atípico, acredito que muitos dos clientes que aqui se encontram estão pensando em dar o cano no trabalho amanhã. Vejo muitos sorrisos nos rostos conhecidos. Por eles, creio, São Nunca podia ficar do jeito que está indefinidamente.

— AAAAAAAAHHHHHHH!!!

O grito vem lá de cima. Todos se levantam e imediatamente sobem as escadas. Madame Perpétua pede calma e vai na frente. De um dos quartos, surge uma das garotas, que, mantendo a porta entreaberta, chama com o dedo madame Perpétua e lhe sussurra algo ao ouvido. A mulher franze a testa, fica alguns segundos sem saber o que fazer, de repente se vira energicamente pra todos e, em meio a um sorriso amarelo, diz:

— Todo mundo pra baixo! Tá tudo bem! Essa abestada tem medo de rato, e parece que tem um aqui dentro. E eu mandei detetizar esse carai não faz seis mês!

— Se a senhora quiser, eu entro e mato ele, madame Perpétua.

A voz é de Miro, aquele da banca.

— Não carece, não, Miro. Aqui, cliente meu só trabalha deitado.

Todos riem e descem em fila indiana.

Madame Perpétua entra e encontra jazendo em cima da cama, completamente pelado, o prefeito Ubirajara.

— O que é que nós vai fazer, madame Perpétua?

— O que tu vai fazer é fechar o bico! Se tu der um pio que seja, amanhã tá no olho da rua, ouvisse?

A garota, assustada, faz que sim com a cabeça.

— Vá lá pra fora atender seus cliente e deixe o resto comigo.

Aproxima-se da cama. O prefeito, que dormia, abre os olhos.

— Oxe, Bira! Quanto tempo! Pensei que nunca mais ia lhe ver aqui dentro. Como diabo é que tu entrou sem ninguém ver? E quede tuas roupa?

O prefeito olha pra ela fazendo cara de quem não entendeu, mas o olhar da mulher lhe passa tanta meiguice, que ele sorri. Parece mais jovem.

Ela se senta a seu lado, deita a cabeça dele em seu colo e faz cafuné. Ambos sempre se entenderam, mesmo sem carecer de palavras. Agora, ela lhe cantarola uma velha canção de ninar. As lágrimas escorrem por seus olhos fartamente. Aliás, choram ambos.

De repente, a porta se escancara. Ouve-se um espirro no lugar de um pedido de licença. É o repórter Venâncio. Empunha uma câmera fotográfica. Já está pra fazer uma foto, quando madame Perpétua se levanta e com inesperada agilidade corre até o moço e lhe arranca a câmera da mão, dizendo:

— Alto lá, cabra! Tu tá pensando o quê? Isso aqui pode ser um puteiro, mas não é a casa da mãe Joana não, visse?

— Desculpe, madame Perpétua, mas eu sou só um profissional trabalhando. Atchim! O povo de São Nunca tem o direito de saber do paradeiro do prefeito.

— Escute uma coisa, seu anão de jardim: o prefeito não tá nem nunca teve aqui, tu tá me entendendo?

Venâncio olha embasbacado pra cama onde o prefeito, nu, parece ignorá-lo por completo. Perpétua continua:

— Quer dizer, possa ser que ele teje, mas, se tu resolver que ele tá, fique sabendo que nunca mais pisa os pé nessa casa, ouvisse? E não vai mais ver Gabriela nem de longe.

— Não faça uma coisa dessas comigo, madame Perpétua! Eu não vivo sem Gabizinha, mas eu tenho minha responsabilidade de profissional...

— E eu tenho a minha. Deixe de chorar, cabra! Tu é quem escolhe. Olhe, eu lhe proponho um acordo: se tu não der notícia do prefeito, eu lhe dou um mês interim pra tu chafurdar de graça com Gabriela. O quê que tu me diz?

— Por São Nunca, madame Perpétua! Eu nem sei nem o que dizer...

— Então não diga nada. Não era pra dizer mesmo. E olhe: antes do galo cantar, o prefeito vai tar na caminha dele lá na fazenda. Eu lhe garanto. Aí, tu pode ser o premero a chegar lá e entrevistar ele, tirar foto e o diabo a quatro; tá bom assim?

E eis que Ubirajara aparece ao lado de madame Perpétua e a toma pelo braço como se fosse um menino. Venâncio acompanha a cena com os olhos esbugalhados, sem entender nada. Agora, ela se deita ao lado do prefeito. Lança um último olhar pro repórter e dá uma piscada. Sorrindo, diz:

— Feche a porta.

52. VÁ PRA CASA, FI DUMA ÉGUA!

Estou na rua de novo. Apesar de meu voyeurismo, não achei ético permanecer ali, apesar de a cena ser bem bonita.

Bom, pelo visto apareceram todos os desaparecidos. Todos bem diferentes, mas nada que o tempo não conserte. Oxalá tenham mudado pra melhor. O relógio da igreja marca 23h50. Finalmente, este estranho dia vai acabar. O que será que vai acontecer amanhã? Será que as barcas vão vir? Será que a internet vai voltar? As chamadas interurbanas vão se normalizar? A programação das emissoras de rádio e TV de fora vai funcionar normalmente? São perguntas cujas respostas — talvez — só vamos saber amanhã.

É hora de este incansável narrador se despedir. Afinal, eu não sou de ferro, não é, leitores? E esta maratona não foi das mais fáceis.

— Veja minha conta, Velho!

É a voz de Preto Bartô.

— Velho, conta eu não vejo, eu cobro.

Eles caem na gargalhada. Preto Bartô sai abraçado com Severino, que lhe pergunta:

— Tu quer que eu lhe ajude a chegar até em casa, Preto?

— Oxe! Tu tá me estranhano, cabra? Eu já bebia quando tu nem morava ainda no saco de teu pai. Vá-te imbora, peste!

— Tá bom, Preto Bartô, não quis ofender.

— Pra tu me ofender, só se passasse a mão em minha bunda.

Os dois caem na gargalhada novamente. Preto Bartô chega a perder a respiração. Agacha-se. Tosse. Escarra no chão. Ergue-se de novo e diz:

— Boa noite, Severino.

— Boa noite, Preto Bartô.

E lá se vai o velho Dorian Gray são-nicanorenho rumo a sua casa, repetir a via-sacra de todas as noites. Oxalá dê tempo de chegar até sua cama.

Severino caminha a esmo. Para na praça. Senta-se em frente à estátua de São Nunca e fica observando a mão estendida do santo lhe ofertando o coração.

O relógio da igreja já vai dar meia-noite.

Seus lábios se mexem, mas não posso ouvir o que ele diz. Não sei se está rezando ou conversando com a estátua. Deita-se. Será que vai passar a noite aí? Se for, vou deixá-lo e tomo o caminho da roça.

Opa! Ele se levantou num pulo e acaba de gritar:

— NÃO! NÃO! NÃÃÃÃÃOOO!!!

Torna a caminhar. Agora, fiquei curioso. Vou acompanhá-lo mais um pouco.

Tudo-Joia passa por ele e lhe faz um sinal de positivo. Severino nem o vê. Olha pra mim, pisca um olho, com a cabeça aponta pro relógio da igreja e continua sua corrida.

Vixe! O relógio parou às 23h59! Hoje já é amanhã, mas ainda é hoje. Será que vai amanhecer um 1.º de março ou vamos entrar num 30 de fevereiro?

Acompanho Severino, que caminha sem rumo por várias ruas. Parece uma barata tonta. De vez em quando, repete o grito. Alguém abre a janela e berra:

— Vá pra casa, fi duma égua!

Ele caminha por mais uns instantes. Para. O berro do sujeito parece ter surtido efeito. Dá meia-volta. O relógio da igreja continua parado naquele mesmo horário, transformando numa eternidade o minuto que falta pro dia acabar.

Finalmente, ele chega em frente a sua casa. Para. Ameaça dar nova meia-volta, mas desiste. Respira fundo e bate na porta. Passam-se alguns segundos até que uma luz lá dentro se acende, a porta se abre — não estava trancada — e surge Minervina de camisola. Severino olha-a demoradamente. Tem lágrimas nos olhos. A esposa sorri, como a lhe dar forças pra dizer algo. Ele respira fundo de novo e por fim sentencia:

— Tô com fome. Tem um de-comer aí?

完

DEPOIS DO FIM

Olá, leitores. Quem escreve aqui é o autor. Já dispensei o narrador. Trabalhou demais hoje, o coitado. Digamos que a história já acabou. É que fiquei encafifado com uma determinada passagem e me deu vontade de retomar o assunto. Sei que todos estamos cansados, foi um dia longo, mas se eu não for até a Fortaleza do Sol não vou conseguir dormir.

Cá estou. Entremos?

A lua gigante ainda está lá em cima, então aqui embaixo até que não está muito escuro, pois a luz passa através das frestas e janelas. Estamos no porão. Queria saber por que o fantasma de Tudo-Joia atraiu o narrador até aqui. O quê? Ah, desculpem, o narrador não podia contar pra vocês porque ele também não sabia. Entre seus superpoderes está o de enxergar almas penadas, mas ele não é capaz de diferenciá-las dos vivos. Infelizmente, este a quem ele alcunhou de Tudo-Joia morreu no incêndio da barca. Se não acreditarem em mim, deem um pulo no cemitério da ilha e vejam com seus próprios olhos.

Não sei o que estou procurando, mas sei que estou perto.

O que é aquilo ali? Vou me aproximar.

Vejo uma cela grande. Está escancarada. Dentro dela, há várias roupas espalhadas pelo chão.

Parece-me que este se configura mais um mistério que vai ficar sem solução entre tantos que a ilha já engendrou. Sabemos de quem são as roupas, o que não sabemos é quem as trouxe quando seus donos ainda estavam dentro delas e muito menos quem os libertou fora delas.

Bom, deixemos pra lá. O sono chegou. E amanhã há de ser outro dia. Quer dizer, a não ser que fiquemos indefinidamente presos dentro deste.

Pra terminar, gostaria de aproveitar a ocasião pra agradecer a todos vocês por terem nos acompanhado até estas horas mortas.

Ah, quase esquecia. O narrador acabou nem se apresentando. Apresento-o eu, pois. Seu nome é Nicanor Sabina, vulgo São Nunca.

Boa noite.

***

pólen soft 80 gr/m2
tipologia adobe devanagari
impresso no inverno de 2021